讓青春的意象遄飛

—二〇一二年【暑期文學寫作營】學生作品精選集

甫基維 主編

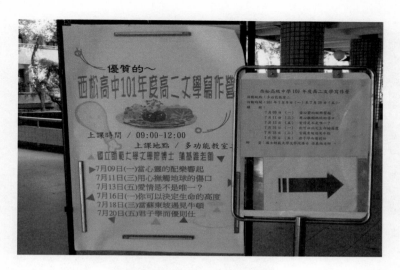

∞文學寫作營∞　　正式開課了！

在靜謐的空間裡，有專
注、有互動、有輕閒～～

在青春洋溢的笑容
間，我們在探索生
命的起源～～～

∞∞完成了寫作，我們的笑容更燦爛∞∞

目　次

序

　　二〇一二年四月，溫暖的陽光灑在西松校園的粉紅磚牆上，那是初夏萬物滋長、草木爭榮的季節。在琅琅的讀書聲中，傳來「教育部高中優質化輔助方案」複審通過的捷報。

　　本校曾經兩度進入教育部高中優質化輔助方案複審，可惜終究未能獲得評審委員的青睞。但是，過往失敗的經驗並沒有成為我們前進的阻礙，今年在師長們持續不懈的努力之下，終於爭取到優質化經費的挹助。歸納成功的關鍵在於相關教學計畫是「由下而上」構想規畫，由各科老師提出與學科課程相關的教學活動，讓學生的學習可以更豐富、更多元。

　　多項計畫中，國文科的「辭章學融入高中國文教學」課程計畫最早在今年暑假期間展開。召集人蒲基維老師是本校資深教師，也是臺灣師大國文研究所博士，學術專長是辭章風格學，專研辭章的閱讀、鑑賞與寫作。蒲老師以「文學寫作營」為名，設計六堂引導寫作的課程，在為期兩週的寫作訓練中，以「寫作的氛圍營造」技巧起頭，再進一步規畫、融入「環保意識」、「性別教育」、「生命教育」、「自然科學」、「公民社會」等議題，經過老師的循循善誘，學生透

過閱讀相關文本以開展視野，加上深刻思考，能夠以系統的結構，流暢的文字，創意的表達，書寫出獨特的作品。這與升學考試的寫作模式不謀而合，整體概念也和本校三C願景——Curiosity、Creativity、Culture 緊密扣合。

　　七月，正值溽暑，蒲老師犧牲假期，從無到有地規畫系列課程，蒐羅相關文章、設計練習題目，既要上臺講課，課後還要費心批閱學生的作品，備極辛勞。寫作營並非正式學分課程，學生自由報名參與，他們在原有的暑假作業之外，一方面要上課，一方面要回家練習寫作，如果欠缺恆心毅力，勢必難以達成。如今作品集付梓，所有寫作訓練過程中的勞苦，都轉化為甘甜的果實，令您我大為讚嘆！

　　時值歲末年冬，這一年就要在忙碌而充實的氛圍中畫下句點，卻也是另一的新年的展開。無論成敗，過去所經歷過的喜樂、哀傷與雀躍，都會留下難忘的記憶。這本作品集的完成，是西松高中創校以來的第一次，也是本校邁向優質化教學的第一步。透過這篇序文，一方面衷心祈願西松學子擁有更優質、更多元的學習環境，也對文學寫作營的豐碩成果表達真摯的祝賀之意。再次恭喜寫作班的同學！感謝蒲基維老師！文壇路上有您們，真好！

謹序於西松高中校長室

2012 年 12 月 21 日

建構以能力為導向的
閱讀與寫作教學

　　民國一○三年即將實施十二年國民義務教育，全國的國中畢業生將以「免試」的姿態進入高中、職就讀，高中、職的校園將掀起質與量的巨大變化。面對此一教育變革，我們究竟是維持傳統的教學模式而坐以待斃，還是以抗拒的心理大聲疾呼政府應暫緩實施呢？

　　在高中教育圈的眾聲喧嘩中，我寧願選擇翻轉自己的思維，相信這一波教育變革的危機中仍蘊含著機會與能量。具體而言，面對校園學生素質的改變，建構以「能力」為導向的教學模式將成為主流，而語文能力的訓練就是其中重要的一環。因此，如何提升學生對於本國語文的「閱讀理解」和「語文表達」之能力，將成為學校教學的基礎和重心，其完整的教學課程正亟需建構宏觀而長遠的規畫，在這樣的需求中，國文教學將擔負起語文能力訓練的重責大任，我們除了承擔此一責任，更應意識到建立「十二年一貫本國語文能力指標」的必要性。

一　國文教師的應對策略

　　然而，建立「十二年一貫本國語文能力指標」需要投注

龐大的人力與時間，短時之內尚無法完成。在此之前，身為國文教師僅能改變寫作教學的思維，以作為因應十二年國教的具體策略：首先，必須建立以「能力」為導向的作文教學模式，聚焦於學生閱讀與寫作能力的培養；其次，必須結合閱讀能力，形成讀寫互動的模式，以建構完整的作文教學網絡；再者，試圖運用學習共同體的協同學習模式，以刺激學生的創意思考，深化學生的學習思路；最後，運用跨領域的教學模式，結合其他學科的知識內涵，以開拓學生之閱讀與寫作的視野。唯有透過這些觀念與態度的轉化，寫作教學才能發揮更多的效能，真正落實學生學習的教育宗旨。

二　語文能力與辭章創作

　　既已確立這四大方向，我們必須進一步說明語文能力與辭章創作的理論基礎。

　　具體而言，人類的語文能力可分為「一般能力」、「特殊能力」與「綜合能力」三者，其中「一般能力」是指「觀察力」、「記憶力」、「思維力」、「聯想力」及「想像力」等；而「特殊能力」是經由辭章研究與創作所歸結出來的專門思維或知能，包括屬於形象思維的「意象」、「詞彙」、「修辭」，及屬於邏輯思維的「文法」、「章法」，乃至於結合形象與邏輯思維而成的「整體意象」、「主題」、「風格」等知能（陳滿銘，〈意象與辭章〉，《修辭論叢》第六輯，2004）；至於「綜合能力」則是結合「一般能力」與「特殊能力」所形成的「綜合力」與「創造力」。這三種能力各自形成系統，彼此之

間亦有密切的聯繫，而辭章創作可說是結合三大能力的整體
表現。陳滿銘教授曾經針對這三大能力提出精細的層次關
係，可用以說明語文能力與辭章研究、創作之間的關聯，其
圖列如下（陳滿銘，〈語文能力與辭章研究〉，臺灣師大國文
學報第 36 期，2004 年 12 月）：

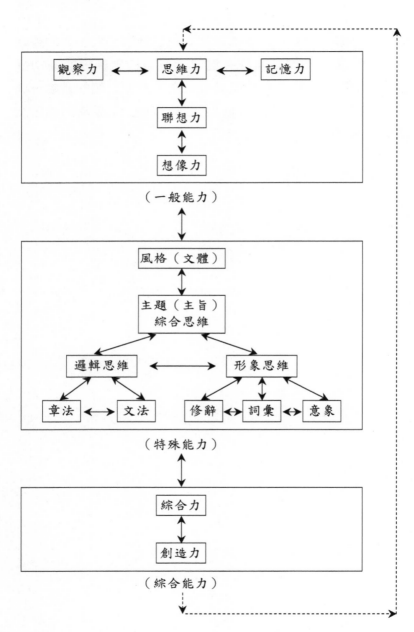

（一般能力）

（特殊能力）

（綜合能力）

　　圖表中屬於「一般能力」的「觀察力」與「記憶力」是寫作訓練中獲得材料、累積材料的重要途徑。至於「思維力」、「聯想力」與「想像力」是人類在寫作或思考過程中屬於腦部內在的活動。這五種能力普遍見於各學科的學習之中，更是寫作活動的基礎。為能正確引導學生運用一般能力來從事寫作，我們必須瞭解各種能力的心理基礎。

（一）就「觀察力」而言

　　所謂「觀察力」是藉由感官知覺以獲取外界訊息的能力。人類的感官知覺包含視覺、聽覺、觸覺、味覺、嗅覺等，這些知覺可能是直接刺激小腦的反射，也可能是傳達至大腦的感知，前者如果在反射之後仍將訊息傳至大腦，其感知作用仍與後者相同。由此可知，人類的觀察力必須藉由大腦有意識的感知才能形成，否則就容易產生感官上的「盲點」，對於外在訊息的接收無濟於事。所以，落到辭章創作來說，觀察力的培養必須著重「心覺」對於其他感官的統合，才能有效接收外在訊息，然後成為寫作的素材。

（二）就「記憶力」而言

　　所謂「記憶力」則是腦部對於過去經驗中所發生過事物的反映能力。基本上可分為呆板死記的記憶、時空的圖形記憶與賦予事物定義的邏輯記憶三種。根據年齡的不同，人類十一、二歲以前較擅長呆板的記憶，十一、二歲以後開始發展圖形記憶，一直到十五、六歲以後才確實學會邏輯記憶。一旦學會了圖形記憶和邏輯記憶之後，呆板的記憶能力會逐

漸衰退。（小田晉，《記憶力科學》，臺北：聯廣圖書公司，
1998）由此可知，我們欲增強高一至高三（十六～十八歲）
學生的記憶能力，應該兼顧圖形與邏輯的記憶訓練。此外，
訓練圖形記憶必須配合感官知覺的操作，才能由「複數」的
感覺同時起作用以形成統合的記憶；至於訓練邏輯記憶則必
須借重「語言」以組織完整的記憶系統。就辭章的創作而
言，觀察力是獲得寫作素材的能力，而記憶力則是累積寫作
素材的途徑，兩者在辭章創作上是互為表裡的能力。

（三）就「聯想力」而言

「聯想力」是由一種事物之表象聯繫到另一事物之表象
的心理過程。就其心理規律來看，聯想可依循「接近」、「相
似」、「相反」等三個原則來進行，而實際在訓練學生的過程
中，則可以專門訓練其「相似」聯想與「相反」聯想的能
力。所謂「相似」聯想是藉由已知的事物聯繫其特性相似的
事物，如由花想到美人（皆有美麗之特性）、由白雲想到遊
子（皆有到處漂泊之特性）。所謂「相反」聯想則是藉由已
知事物聯繫到與其特性相反之事物，如由監獄想到飛鳥（監
獄之特性為禁錮，飛鳥之特性為自由）、由綠草想到枯葉
（綠草之特性為生機，枯葉之特性為凋零）。由此可知，我們
在訓練學生的聯想力時，最須抓住事物的各種特性，以作為
聯想事物的軸線，如此才有助於寫作能力的提升。

（四）就「想像力」而言

所謂「想像力」是對於未來的想法、過去的記憶和現在

的呈現或彷彿存在眼前之事物所組成的圖象的能力。因此，它超越了時空的限制，也是一種聚集心靈圖象的能力。就其目的及意圖的觀點來分，想像力可分為「無意的想像」和「有意的想像」兩類，無意的想像是沒有特定目的、不自覺的想像，包括幻想和作夢等；有意的想像則帶有目的性，是一種自發性的想像，也是我們訓練想像能力所偏重的類型。據此，有意的想像又可分為「再生想像」與「創造想像」兩種，前者必須結合記憶能力產生相應表象，藉由「拆散」、「打碎」、「分解」的過程以重新組合；後者則往往脫離習慣性的思考模式，變造出與原有暗示圖象相關的意象。就辭章的創作而言，想像力是擴充寫作精彩內容，從而顯現寫作內容之獨特性的原動力。所以，我們在訓練學生的想像能力時，必須結合觀察與記憶的能力，以蓄積想像力的素材，同時對於學生多元而反傳統的思考模式應予鼓勵認同。此外，我們也要認清，想像力是上述觀察、記憶、聯想等能力的綜合，也是訓練特殊能力所不可或缺的基礎能力。

（五）就「思維力」而言

「思維力」是一種藉由語言來思考以形成概念的腦力活動。所以，經由觀察力和記憶力所接收、累積的圖象，仍必須轉換成語言符號，才能成為思維所倚靠的單詞、短語或句子。所以，語言能力的增進與思維能力的鍛鍊，兩者具有互動、循環而提升的密切關係。由此可知，訓練思維能力必須從語言的理解及表達著手，即藉由語言的形式以理解其內在意涵，與藉由事物的意涵表達成語言形式交互作用，如此交

錯反覆地進行具體形象與抽象概念的互動，不僅可以訓練學生對於具體事物的分析綜合的能力，也能提升運用抽象概念來概括推理的能力。綜而言之，「思維力」在一般能力中，具有統合其他聯想、想像、記憶、觀察能力等的作用，等於是一般能力的重要樞紐。至於訓練學生進行更深刻的形象思維與邏輯思維的交替思考，則必須進一步運用特殊的語文技巧來呈現。

在「一般能力」的基礎上，可以進一步討論寫作的「特殊能力」。所謂「特殊能力」是指掌握書面語言的能力。這種能力所涵蓋的層面相當廣泛複雜，但是經由辭章的研究可以發現，辭章是結合「形象思維」與「邏輯思維」而成（吳應天，《文章結構學》，北京：中國人民大學出版社，1989年），因此可以從這兩種思維切入，以探討寫作特殊能力的內容及其區分。

所謂「形象思維」是針對具體形象所產生的思維活動。就辭章的創作來說，如果是將一篇辭章所要表達的「情」或「理」，訴諸各種主觀聯想，和所選取的「景（物）」或「事」接合在一起，或者專就個別之「情」、「理」、「景（物）」、「事」等材料本身設計其表現技巧的，皆屬於「形象思維」；這涉及了「立意」、「取材」及「措詞」等問題，而主要以此研究為對象者，就是主題學、意象學、詞彙學和修辭學。

所謂「邏輯思維」是借重概念、判斷或推理的方式以反映形象之內在條理的思維活動。就辭章創作而言，如果專就「景（物）」或「事」等各種材料，對應於自然規律，結合

「情」與「理」，訴諸客觀的聯想，按秩序、變化、聯貫與統一的原則，前後加以安排、佈置，以成條理的，皆屬於「邏輯思維」；這是涉及了「運材」、「佈局」及「構詞」等問題，而主要以此為研究對象者，就字句而言，即文（語）法學；就篇章而言，就是章法學。

此外，結合「形象思維」與「邏輯思維」為一，探討其整個體性者，為風格學。（參考陳滿銘，《章法學論粹》，臺北：萬卷樓，2002 年）

由此可知，想要掌握寫作的特殊能力，必須從探討辭章的「意象」、「詞彙」、「修辭」、「文（語）法」、「章法」、「主題」與「風格」等領域著手，如果落到實際訓練的過程，可就下列幾方面來探索。

（一）就立意來說

訓練「立意能力」必須著眼於辭章的「主旨」與「綱領」。所謂「主旨」乃作者想要表達最核心的情理，而「綱領」則是貫串材料於整篇辭章的脈絡。兩者的關係非常密切，卻又不盡相同，其有時重疊，有時分立。以縫製衣服為例，一件衣服是由領、袖、衣身、扣子、口袋等部分縫組而成，是衣服的材料，其縫組所用的針線如同綱領，而衣服成形後是以「穿著」為目的，此則形同文章的主旨。以杜牧的〈山行〉詩（翰林 3）為例：

　　遠上寒山石徑斜，白雲生處有人家，停車坐愛楓林晚，霜葉紅於二月花。

若分析其結構則為：

```
        ┌ 近：「遠上寒山石徑斜」
  ┌ 背景 ┤
  │     └ 遠：「白雲生處有人家」
──┤
  │     ┌ 情：「停車坐愛楓林晚」
  └ 焦點 ┤
        └ 景：「霜葉紅於二月花」
```

根據詩題和結構分析可知這首詩是以「山行」為綱領，而抒發「山行之樂」才是主旨，兩者有重疊之處，但不盡相同。我們在從事「立意能力」之訓練時，必須分辨主旨與綱領的不同，才能有效引導學生運用綱領來貫串文章，以及主旨的安置。

（二）就取材來說

「取材能力」的培養與前述一般能力有密切的關係。具體而言，取材能力必須倚靠敏銳的觀察力與清晰的記憶力，從外界獲取寫作的素材；也可以藉由聯想力與想像力不斷地延伸、變造更豐富、多樣的材料。作者抽象的情理（意），就是藉由這些具體的材料（象）傳達出來，這些材料承載著作者的思想情感，我們稱之為「意象」。「意象」的形成是寫作步驟中的重要過程，它可以透過事件（事象）或景物（物象）等兩種型態，轉換為文字符號（詞彙）呈現於辭章當中。例如李煜的〈虞美人〉：

春花秋月何時了，往事知多少？小樓昨夜又東風，故

　　國不堪回首月明中！雕闌玉砌應猶在，只是朱顏改。
問君能有幾多愁？恰似一江春水向東流。

詞中展現了作者的故國之思。所以作者運用了「春花秋月」
來傳達過去生活的美好，用「東風」暗示故國的消息，用
「月明」象徵鄉愁，而「雕闌玉砌」正是故國的宮廷物象，
「春水東流」則象徵著作者綿延不絕的愁思。可見作者所運
用的每個物象或事象，多蘊含著內心的情意，也直接凸顯詞
的主要義旨。所以，我們在訓練學生的取材能力時，必須注
意選取物象與事象的內在意涵，同時也要確立主旨，才能選
取適合辭章創作的適當素材。

（三）就措辭來說

　　關於措辭的技巧可說是千變萬化，而訓練學生的「措辭
能力」僅須就明顯的表現手法來加以學習，其中「修辭格」
的運用，則是表現意象、美化詞句的方便法門。我們在探索
每一種修辭技巧時，必須注意其心理基礎及表現在辭章中所
呈現的美感效果，才能正確掌握修辭格的特色及其適用的文
章情境。以鄭愁予的〈錯誤〉（翰林 2、康熹 4）為例：

　　東風不來，三月的柳絮不飛
　　你底心如小小的寂寞的城
　　恰若青石的街道向晚
　　跫音不響，三月的春帷不揭
　　你底心是小小的窗扉緊掩

這一節詩同時運用了譬喻和象徵的修辭技巧。譬喻修辭的精神乃使用熟悉、具體的事物來形容陌生、抽象的意象，使被形容的「喻體」得以凸顯其特質，讓讀者產生鮮明易懂的意象。這首詩中作者以「寂寞的城」、「青石的街道向晚」、「窗扉緊掩」來比喻少婦等待丈夫歸來的心境，不僅表現了少婦「寂寞」、「封閉」、「陰鬱」的心靈特質，也藉由城的侷限、青石的幽暗和窗扉的閉鎖傳達了整首詩「幽愁閉塞」的氛圍，充分使讀者感受了少婦等待心境的愁苦與堅貞。至於「東風」象徵丈夫的歸來，「春帷」象徵少婦待人啟發的閉塞心靈，亦使抽象的情意與具體的物象之間產生了藝術的連結，其幽淡淒美的意象是非常深刻的。在寫作教學中，如果能引導學生擇取恰如其分的材料運用在譬喻與象徵修辭中，其文章所呈現的美的意象是非常動人的。

（四）就構詞與組句來說

所謂「構詞」與「組句」的能力，是訓練學生運用文（語）法概念，將基本詞彙組成正確詞句的能力。就現階段高中學生的程度，對於「實詞」的辨正、原型句型的熟習及變型句法的運用，是構詞組句能力訓練的三大重點。

就「實詞」的辨正而言，必須引導學生分辨名詞、動詞、形容詞、副詞等詞性的特質及其彼此的關係；就原型句型而言，要熟習詞語中的並列結構與主從結構的定義，以及句子中敘事句、有無句、表態句及判斷句基本用法；就變型句法而言，省略句及倒裝句的用法則是訓練的重點。

（五）就謀篇來說

如前所述，材料蘊含作家的情理，會形成意象。所以「運材」就是組織意象，而「謀篇」則是針對全篇意象加以規劃、安置以成條理。凡是完整流暢的文學作品，大多具備可分析的內在條理，如果將其條理清理出來，就可以形成結構，我們可以藉由辭章的結構分析表來梳理作家展現於辭章中的內在邏輯，更可進一步學習其謀篇布局的方法。以袁宏道的〈晚遊六橋待月記〉為例：

　　　　西湖最盛，為春為月。一日之盛，為朝煙，為夕嵐。

　　　　今歲春雪甚盛，梅花為寒所勒，與杏、桃相次開發，尤為奇觀。石簣數為余言：「傅金吾園中梅，張功甫玉照堂故物也，急往觀之。」余時為桃花所戀，竟不忍去湖上。

　　　　由斷橋至蘇堤一帶，綠煙紅霧，彌漫二十餘里。歌吹為風，粉汗為雨，羅紈之盛，多於堤畔之草，艷冶極矣。

　　　　然杭人遊湖，止午、未、申三時；其實湖光染翠之工，山嵐設色之妙，皆在朝日始出，夕舂未下，始極其濃媚。月景尤不可言，花態柳情，山容水意，別是一種趣味。此樂留與山僧遊客受用，安可為俗士道哉！

根據其內在的條理，可繪出結構分析表如下：

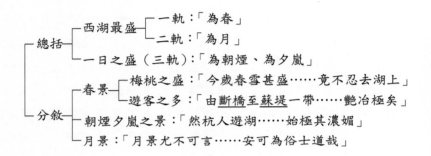

從結構表可以看出，這篇文章是以「先總括（凡）後分敘（目）」的筆法寫成的。「凡目」章法在各類文體中被運用得相當廣泛，這篇文章所呈現的「先凡後目」的結構形式，是一種「演繹法」的邏輯，也是閱讀與寫作教學中必須著重的謀篇技巧之一。在這個主結構之下，我們看到了作者將全文論述的重點分為三軌，總括的文字簡潔有力，卻含括了文後分敘的內容，可見作者清晰的謀篇邏輯。分敘的段落分明，其順序雖然未按照總括文字之次序，卻能一一呼應，架構了全文嚴整的布局。在寫作訓練上，教師可以進一步延伸「先分敘（目）後總括（凡）」的「歸納法邏輯」，或提出「總括—分敘—總結」的結構類型，以呼應常見的「起承轉合」的謀篇方式，讓學生熟練此一技巧，其謀篇布局的能力必有提升。

（六）就風格來說

「風格」本指人顯現於外的風範格調，而文章是人所寫

的，其整體的風格表現亦與人的風範格調有關。黎運漢在《漢語風格學》提到：「風格作為一般述語是指作風、風貌、格調，是各種特點的綜合表現。」（廣州：廣東教育出版社，2000 年第 1 版）落到文章來說，文章風格可以從創作與鑑賞兩方面來界定：以創作而言，風格應是作家藉由形式技巧表現其思想情感所呈現之契合自身才情的風姿；以鑑賞而言，風格則是欣賞者主觀體悟到作品的整體風貌與格調。我們從事作文教學時，應注意到這種雙向互動。然而，風格畢竟是抽象的概念，如何在寫作上訓練學生寫出具有獨特風格的作品，則應該從辭章鑑賞規律中提出具體可行的寫作模式。

換言之，文章風格是辭章中「意象」、「修辭」、「文法」、「章法」及「主題」等領域的綜合呈現，我們可以從這幾個領域去引導學生。就意象言，運用高大空曠的景物，容易營造壯闊的意境，而描寫細緻精巧的事物，則容易營造纖巧柔美的氛圍；就修辭言，「排比」、「類疊」修辭容易創造磅礡的氣勢，而「婉曲」、「雙關」修辭則易營造含蓄之感；就文法言，「疑問句」比「直述句」更能給人激醒之感；就章法言，「正反法」、「抑揚法」容易形成對比的美感，而「賓主法」、「情景法」則容易形成調和之美；至於主題方面，表達開朗豁達的思想情感較偏於陽剛之美，而表現陰鬱悲傷的情緒則容易營造陰柔之風。這些都是我們訓練學生之寫作風格時，可以交錯運用的具體方式。

至於「綜合能力」是結合「一般能力」與「特殊能力」而成，以往傳統式的命題就是測驗學生綜合寫作能力的模式。然而針對高中學生（尤其是高一）尚未具備成熟之寫作

能力的程度,訓練寫作能力必須循序漸進,再配合適當的引導啟發,才能鞏固學生的語文能力根基。所以,無論從事作文教學或設計作文題型,都應以階段能力為依據,分段、分項來訓練學生,最後再以「綜合能力」來統整引導。由此可知,運用「作中學」的學習心理原則,不斷反覆「一般能力」→「特殊能力」→「綜合能力」的訓練過程,對於高中學生的作文能力訓練是較有幫助的。

三 建構以「能力」為導向的作文教學

　　經由上述對於「一般能力」及「特殊能力」的分析論述。我們可以建構明確的語文能力訓練體系,就高中學生而言,在一般能力方面,「記憶力」與「觀察力」的訓練可以合併進行,而「聯想力」與「想像力」的訓練亦可合併實施。在特殊能力方面,可以就「構詞能力」、「取材能力」、「修辭能力」、「謀篇能力」及「立意能力」等幾個重點來分項訓練。如果再配合閱讀理解的能力訓練,可以統整出對照表如下:

語文能力訓練系統		
	閱讀訓練	寫作訓練
一般能力	記憶與背誦能力	記憶力與觀察力訓練
	理解與延伸能力	聯想力與想像力訓練
特殊能力	句型分析能力訓練	構詞能力訓練
	材料推演能力訓練	取材能力訓練
	詞彙解讀能力訓練	遣詞造句能力訓練
	修辭美感詮釋能力訓練	修辭能力訓練
	結構分析能力訓練	謀篇能力訓練
	主旨歸納能力訓練	立意能力訓練
	風格整合能力訓練	建立獨特風格訓練
綜合能力訓練		

　　由於本校優質化計畫的經費挹注，讓這個以語文能力為導向所設計的作文教學理念得以落實，終於在 2012 年暑期以「文學寫作營」的模式揭開了第一期的作文教學課程。在為期兩週的課程中，我們以每週三次、每次三節，設計了六個教學主題，分別是：

　　一、當心靈的配樂響起——寫作中的氛圍營造與情境
　　　　烘托

　　二、用心撫觸地球的傷口——環境保育的閱讀與寫作

三、當蘇東坡遇見愛因斯坦──自然科學的閱讀與寫作

四、你可以決定生命的高度──生命教育的閱讀與寫作

五、兩性教育新思維──性別議題融入寫作之訓練

六、君子學而優則仕──公民與社會議題融入寫作之訓練

這六個教學單元除了第一單元是純粹的語文訓練之外,其餘單元均已跨越其他學科領域,在內容上也兼顧閱讀與寫作,而實施方法亦採用「學習共同體」的「協同學習」模式。至於課程設計的基本架構,乃將每一學習單元分設四個寫作訓練:

「訓練一」通常為「文本的閱讀與分析」,目的乃訓練學生在寫作之前先學會閱讀文本,不僅可以涉獵相關主題的知識,也在潛移默化中學習了文章的立意、取材、修辭、謀篇等寫作能力。

「訓練二」和「訓練三」則為短文寫作,在形式上參考了《國家考試國文科命題參考手冊》所列的十四種限制式寫作的題型(包含翻譯、修飾、組合、改寫、縮寫、擴寫、設定情境作文、引導式作文、文章賞析、文章評論、文章整理、仿寫、看圖作文、應用寫作)而斟酌設計,希望學生能熟習各種限制式的作文題型,又能訓練學生在語文的一般能力和特殊能力上的提升。

「訓練四」通常為長篇文章的寫作。我們儘量援引大學

學測與指考的相關考題，一方面讓學生體認課程內容對於升學考試的呼應，可以激發其學習動機；另一方面也訓練學生在寫作上「綜合能力」的培養。

　　無論是課程的內容，還是題型的設計，都只是「外殼」，我們所強調的「能力」才是寫作訓練的核心。因為以「能力」為導向來進行作文教學，是從根源上來建構學生的語文基礎，藉由「語文能力系統」的認知，我們相信這是一條指引學生提升語文能力的正確道路，也期望帶給教師在作文教學上具體可循的方法及目標。共勉之！

當心靈的配樂響起

──寫作中的氛圍營造與情境烘托

寫作訓練一　文本閱讀與分析

一、請閱讀下列文章，並根據文章內容回答問題：

> 看見竹子湖路標便左轉，幾次盤旋降落，就是一大片海芋田，靜靜綻開在群坡環抱之中。田邊賣炒青菜和地瓜湯，肚子不餓但心裡想吃，像小孩一樣，見不得別人吃東西自己沒份。小油坑的硫磺山熱氣騰騰，山上全是雪白的菅芒花，波浪一樣緩緩搖擺，一些無枝無葉的暗褐色枯木昂然挺直，竟然有一種天地初開的渾然氣勢。再向前走，可以往大屯山自然公園區，也可以到另一頭的馬槽泡溫泉。橘紅色的馬槽橋很有異國情調，站在橋上往下望，那些熱氣奔騰的岩石，濃重的硫磺味，草木不生的蒼茫，忽然有了一種天荒地老之感。（節選自張曼娟〈秋天的放牧〉）

寫作說明

　　這一訓練，我們選了兩段有關寫景的文章，目的在訓練同學對於寫景文字的理解，並進一步感受作者面對景物的心境及景物本身所營造的氛圍。所以涉及了主旨的掌握、材料意象的理解及章法邏輯的分析。關於張曼娟〈秋天的放牧〉，提供結構分析表以提供撰寫其文章脈絡之參考：

```
          ┌ 視覺:「看見竹子湖路標……環抱之中」
┌ 低(竹子湖)┤
│          └ 味覺+心覺:「田邊賣炒青菜……自己沒份」
│             ┌ 視覺:「小油坑的硫磺山……昂然挺直」
├ 漸高(小油坑)┤
│             └ 心覺:「竟然有一種天地初開的渾然氣勢」
│    ┌ 大屯山自然公園:「再向前走,可以往大屯山自然公園區」
└ 最高┤        ┌ 視覺:「橘紅色的馬槽橋……往下望」
     └ 馬槽 ───┤ 嗅覺:「濃重的硫磺味」
              └ 心覺:「忽然有了一種天荒地老之感」
```

（一）這段文字主要在描寫哪裡的景色？

　　陽明山上的秋景。

（二）這段文字使用了哪些感官知覺來描寫景物？

　　視覺：雪白菅芒花、橘紅色馬橋頭、看見竹子湖路標、
　　　　　小油坑……昂然挺直。

　　嗅覺：濃重的硫磺味、田邊賣炒青菜……

　　味覺及膚覺：肚子不餓，但心裡想吃。

　　心覺：天地初開的渾然氣勢、天荒地老之感。（林緯
　　　　　翰）

（三）從文中的景物描寫，你感受到哪一種氣氛？請用 100
　　　字來敘述你的感覺。

❖ 一陣涼風吹過，很舒爽很涼快，有小販的叫賣聲，襯托
　了山的寧靜，來往的遊客打破山中的沉默，而草味、花
　味隨風撲來，是一種清新鮮美的空氣，在山中走著，似

乎可以享受草木及空氣的滋養，接近馬槽溫泉，瀰漫了濃稠的硫磺味，更增加山中的氣息。（黃靖容）

❖ 從舒適的氛圍，有一種慵懶的感覺，很適合一邊喝著茶，一邊緩緩往山上走，感受身處自然中的喜悅，並對下一幕截然不同的景色有無法言喻的期待、欣喜之情。就如同風吻上自己的面容，舒爽的感覺沁入心脾那般。（朱家霈）

❖ 文章中讓我感受到大自然的氣氛。作者身處大自然中，細膩的將大自然的景色描寫出來。令人有種身歷其境的感覺。（劉邦正）

❖ 秋天的陽明山裡，竹子湖的海芋齊開，山上大片的菅芒花隨風搖擺，有種「數大便是美的感覺」。泡著溫泉，望著遠方小油坑的騰騰熱氣，感覺到了山勢的壯闊。（王則鈞）

❖ 寧靜的空間，粗獷卻樸實的自然景色，悠然自得。田野之中也有享受的權利與樂趣，不像都會中的奢侈，僅僅炒青菜和地瓜湯就有了小小的幸福。擺脫平日喘不過氣來的生活步調，一派輕鬆，悠閒的在大自然中享受。（李佳美）

❖ 微風徐徐吹來，隨風輕搖的菅芒花軟綿綿地輕蓋在山坡

地上，空氣中參雜些許硫磺味，滿田海芋，轉個彎卻是
油坑、枯木、寸草不生的荒涼，景象的變化給人心境暢
達之感，美感沒有基模，心情的舒展卻是相同的。（林
緯翰）

❖ 文章開頭（看見竹子湖…盤旋降落）讓人有一種柳暗花
明，忽見桃花源之感，海域田邊賣青菜和地瓜湯，則令
人有山間人情味、美食之感，「海芋田」、「小油坑」、
「馬槽」之景的描寫，令人體會到大自然的美麗。（洪維
陽）

❖ 本段文字讓我深深的感到大自然的悠閒與自在，海芋靜
靜綻放，菅芒花隨風搖曳，如波浪般的舞動，那是如此
的愜意。也讓我感到火山地形的奔放，熱氣的上升是令
人懼怕與興奮，重重的硫磺味雖有些刺鼻，但更是火山
地形的特色。（陳嘉萱）

（四）請根據作者的描寫，說明這段文字的寫景脈絡。

❖ 從竹子湖開始寫，描述途中的風景及自己的心情，接著
寫到小油坑的硫磺山及雪白的菅芒花，在往更深山到了
大屯山自然公園區和馬槽溫泉，尤其寫了當地的硫磺。
（黃靖容）

❖ 此段文章分別寫出竹子湖、小油坑、大屯自然公園、馬

槽四種不同的景色，並加以描述作者身處那處的感受，
竹子湖到海芋田，小販的特色，小油坑的熱氣奔騰，菅
芒花的出現，大屯的自然公園區，馬槽溫泉、馬槽橋，
硫磺味，到最後寫出作者的觀感。（朱家霈）

❖ 這篇文章從竹子湖出發，先是寫眼前的景象——一大片
海芋田，接著把目光拉遠——靜靜綻開在群坡環抱之
中。大致方向是從近景寫向遠景。（劉邦正）

❖ 作者從一開始綠意盎然的竹子湖，逐漸往前走到了充滿
濃厚硫磺味的馬槽溫泉，從充滿生機與人情味逐漸體悟
了天地的磅礴氣勢。（王則鈞）

❖ 路開始，左寫海芋田，右寫菅芒花，後寫硫磺味濃重的
馬槽溫泉，以及被硫磺燻成橘紅色的馬槽橋。並由天地
初開得渾然氣勢，寫到天地荒老之感，形成一種對比的
色彩。（李佳美）

❖ 先描寫群坡環抱的竹子湖景，田邊有賣炒青菜、地瓜湯
引起作者的食慾，接下寫出小油坑，菅芒花遍野，枯木
昂立宛若天地初開。最後描寫大屯山自然公園與馬槽，
馬槽除了溫泉，由橋俯視看見熱氣奔騰，一片蒼茫，天
荒地老之感油然而生。（林緯翰）

❖ 描寫作者沿途所見之景，利用抵達地點時間的先後，從

竹子湖的路標、小油坑、馬槽依序寫出，對每一個地點，再加以描述其景色，以及個人內心的感受。（洪維陽）

❖ 作者由所看到的景物依序描寫。一開始的竹子湖及海芋田座落於群山環繞之間。田邊的小販也刺激作者「吃」的慾望，緊接著是熱氣騰騰的小油坑，悠悠搖曳的雪白菅芒花以及暗褐色的枯木。最後是大屯山自然風景區和馬槽，橘紅色的馬槽橋、熱氣奔騰的岩石、濃重的硫磺味，更述說了陽明山的地質特色。（陳嘉萱）

二、請閱讀下列文章，並根據文章內容回答問題：

那是一則多麼古老的故事啊。億萬年前，我們現在稱為大理石的這種東西開始在深海裡孕育壓聚著，那時，臺灣當然還沒出現，而所謂的人類也還不知道在哪裡。到了大約七千萬年前，平靜的大理石層因造山運動而被壓迫著在水面上站了起來。接著，六千八百年的歲月過去了，第二次造山運動令大理石不斷地隆起生長。但這時，它的身上仍覆蓋著一層較軟的岩層。我們今天所說的立霧溪大概也就在這時出生的。然後又經過多少日子的風蝕雨侵啊，大理石終於露出地殼，並持續地隆起，立霧溪水則相反地不斷向下切斷，向東橫流。終於，我們才有了現在的，太魯閣峽谷。（節選自陳列〈我的太魯閣〉）

寫作說明

這段文字的的寫景邏輯可以藉由下列結構表呈現：

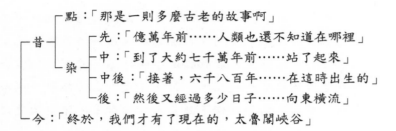

```
         ┌ 點：「那是一則多麼古老的故事啊」
         │   ┌ 先：「億萬年前……人類也還不知道在哪裡」
  ┌ 昔 ─┤   ├ 中：「到了大約七千萬年前……站了起來」
  │      └ 染─┤ 中後：「接著，六千八百年……在這時出生的」
  │          └ 後：「然後又經過多少日子……向東橫流」
  └ 今：「終於，我們才有了現在的，太魯閣峽谷」
```

（一）從文字的內容，可以看出作者所描寫的景物為何？

太魯閣峽谷的形成。

（二）閱讀這段文字，你感受到哪一種氛圍？請用 100 字來敘述你的感覺。

❖ 臺灣的升起、歷史的演變，在久遠的年代中，有著許多的新開始，岩層的變動、溪水的切割，使太魯閣峽谷形成，似乎又把古老的故事再訴說一次，這長久的演變，在短短的文字間呈現開來，而故事還繼續蔓延。（黃靖容）

❖ 蒼茫之感，我們在時間的流逝之中只是一個小小的土芥，面對臺灣如此費時的形成、出現，我們更應該珍惜現有的東西，以及保護我們的臺灣。（朱家霈）

❖ 大理石形成的過程歷經相當久的時間，而那時間不是
一、兩千年而是億萬年，這裡能讓我感受到時間的壯闊
與久遠，還有大理石形成過程中的艱辛。（劉邦正）

❖ 在海底蓄勢待發的生命經過了好幾次的造山運動與時間
的孕育，最終才造就了大峽谷，有種生命誕生的感動。
（王則鈞）

❖ 壯麗的太魯閣大峽谷與歷史的洪流結合，讓本來沒有多
大吸引力的太魯閣，也能發出思古幽情。更深刻體會
到，如此高聳的峽谷，果然不是一天就能造成的啊！
（李佳美）

❖ 透過作者的文字，時空到轉，山推島升，一大塊大理石
在造山運動下好不容易露出了臉，經過雨水長期洗鍊，
太魯閣自此誕生。守護她成長的溪河靜在一旁，太魯閣
被賦予了生命，和立霧溪一同成長茁壯，給人一種源源
不絕的生命力。（林緯翰）

❖ 太魯閣峽谷的生成，歷經許多的過程，每個過程都像機
器裡的螺絲，雖多而不可少，扮演著各自的角色，都有
其功能，因為它們，才有了現今的太魯閣峽谷，讓人去
體驗太魯閣峽谷的神聖、壯麗，是歷史洪流下的奇景。
（洪維陽）

❖ 時間的流逝，雖曾帶走許多歲月，卻也能創造出令人嘆為觀止的景象。就有如峽谷，經過長年的沉積，經過長年的造山運動，出現在地表，又經時間的淬煉，更展現出大自然偉大的力量。（陳嘉萱）

（三）請說明這段文字的寫景邏輯。

❖ 從古老的開始寫到現今的改變，大理石在地層的變動下，形成雄偉壯麗的景觀，而立霧溪的誕生則形成太魯閣峽谷。（黃靖容）

❖ 今昔的對比，從億萬年前，臺灣還沒出現。七千萬年前，板塊壓迫，臺灣形成。六千八百年，大理石不斷隆起生長，立霧溪的出現。不知經過多少年，大理石露出地殼，立霧溪的橫切。最後，太魯閣出現。（朱家霈）

❖ 這篇文章從臺灣還沒形成開始寫到造山運動形成，還有最後太魯閣峽谷出現。文章大致從昔至今。（劉邦正）

❖ 作者將太魯閣峽谷比喻成一個生命，然後就像自己觀察一樣，在旁邊記錄下了成長過程。從遠古時峽谷剛形成到現今宏偉的大峽谷，有種今昔對比之感。（王則鈞）

❖ 利用今昔對比（昔到今）以時間軸建立架構，在把主題一一建造在此架構之上。從大理石的形成到太魯閣的景

色。（李佳美）

❖ 追述示現法，由昔寫到今，過去平靜的海面因板塊互相
推擠而被抬升上來，身上軟軟的岩層，經雨水、風侵
食，切割成了太魯閣峽谷。立霧溪依舊不斷向下侵蝕，
向東橫流，終於勾勒成了我們今日的太魯閣峽谷。（林
緯翰）

❖ 先點出他本文要敘寫的東西（古老的故事），再順著古
老的故事，依追述示現法（大理石孕育→造山運動→第
二次造山運動→立霧溪→太魯閣峽谷），來寫太魯閣峽
谷的生成。（洪維陽）

❖ 先從大理石是如何形成的開始說起，亦是從很古老的時
間點依序寫到今日。從一開始的深海形成，之後的造山
運動，不斷的地表隆起，和立霧溪的形成，造就出現今
令人嘆為觀止的太魯閣峽谷。（陳嘉萱）

 寫作訓練二 尋找寫作素材的內在意象

一、請根據下列情境，說明其可能形成的抽象感覺（請寫 2 種，每一種描述至少 5 個字）：

寫作說明

　　每一種具體的物象，其背後一定蘊含著某種情意，這就是「意象」的根本意涵。同學只要順著看見物象給你的直接感覺，去敘述抽象的情感，應該可以呼應物象的本質，找到最貼切的答案。

夏日初昇的太陽	炎熱的開始	清晨的幸福
清晨的臺北街道	朦朧的寂寥	清晨的悠閒
午後的學校操場	熱氣的籠罩	慵懶的炎熱
深秋的林蔭步道	微風吹來的清爽	濃郁的芬多精
夜晚的便利超商	暗夜中的指引	明亮的希望

（黃靖容）

夏日初昇的太陽	滿滿的希望	炎熱的開始
清晨的臺北街道	慵懶的寂寥	即將來臨的喧囂
午後的學校操場	赤裸裸的悶熱	青春的回憶

深秋的林蔭步道	微風吹撫的舒爽	清涼幽靜的味道
夜晚的便利超商	暗夜中微火的希望	流浪漢歸處的光芒

（朱家霈）

夏日初昇的太陽	溫煦而不刺眼	微弱卻充滿希望
清晨的臺北街道	沒車而空氣乾淨	沒人而安靜
午後的學校操場	剛睡醒而無精神	炎熱而無生機
深秋的林蔭步道	幽深使人害怕	大地無生機
夜晚的便利超商	黑暗中的光明使人安心	方便使人窩心

（劉邦正）

夏日初昇的太陽	耀眼的開始	溫暖的光明
清晨的臺北街道	安靜的喧嘩	準備萌發的活力
午後的學校操場	慵懶的悶熱	沸騰的活力
深秋的林蔭步道	火紅的淒涼	落英繽紛的清爽
夜晚的便利超商	黑暗中的安全感	光明的希望

（王則鈞）

夏日初昇的太陽	清晨的幸福	今日希望之初
清晨的臺北街道	沉默的離別	醉倒的寂寥
午後的學校操場	蒸餾過的熱情汗水	煩「噪」的蟬聲

| 深秋的林蔭步道 | 鄉愁與情愁 | 橘紅色的浪漫 |
| 夜晚的便利超商 | 不良的聚集處 | 最終的救贖 |

（李佳美）

夏日初昇的太陽	溫暖人心的力量	滿滿希望的開始
清晨的臺北街道	有秩序的匆忙	逐漸擁擠的氣氛
午後的學校操場	揮灑青春的活力	草皮上的慵懶
深秋的林蔭步道	滿懷詩意的浪漫	無垠思念的深淵
夜晚的便利超商	安心休憩的中繼站	情感的依附聯結

（林緯翰）

夏日初昇的太陽	幸福的開端	浮現的機會
清晨的臺北街道	萌生的希望	初生的美好
午後的學校操場	同學間的感情	健康的付出
深秋的林蔭步道	微風的涼爽	自然的洗禮
夜晚的便利超商	天堂的指引	成功的辛勞

（洪維陽）

夏日初昇的太陽	炎熱的開始	奔騰的喜悅
清晨的臺北街道	枯竭的寂寥	擁擠的繁忙
午後的學校操場	慵懶的炎熱	嬉鬧的快樂
深秋的林蔭步道	清幽的寂寞	不同的擁抱

| 夜晚的便利超商 | 黑暗中唯一的光亮 | 沉寂的荒涼 |

（陳嘉萱）

二、請根據下列所敘述的抽象感覺，寫出符合其感覺的具體物象。（至少 2 種，可加形容詞修飾）

寫作說明

　　為抽象的情緒或氛圍尋找具體的事象或物象來表達，應該更駕輕就熟，這樣的思考脈絡已經是寫作中的取材訓練了。

陰森恐怖	冬夜的樹林	荒野的廢墟
溫暖和煦	溫煦的太陽	和諧的家庭
煩躁鬱悶	炎熱人多的教室	雜亂的巷口
清爽開闊	午後的清境農場	開闊的大賣場
冷酷無情	面無表情的死神	沒有情感的殺手
風趣幽默	開懷大笑的喜劇	心情放鬆的笑話

（黃靖容）

陰森恐怖	寒冷的墓地	空曠無人的街道
溫暖和煦	初昇的太陽	春天來臨的河川
煩躁鬱悶	跳電的午後教室	滿江紅的考卷成績單

清爽開闊	舒爽的草原	午後雷震雨的夏天
冷酷無情	吸血鬼的獠牙	寒冬的冷冽
風趣幽默	談笑風生的男孩	全民最大黨的搞笑藝人

（朱家霈）

陰森恐怖	深夜的深山	無燈的街道
溫暖和煦	早晨的太陽	冬天的壁爐
煩躁鬱悶	來臨的大考	堆積如山的作業
清爽開闊	一望無際的草原	藍天白雲
冷酷無情	湍急的河水	大雨滂沱
風趣幽默	周星馳的電影	好朋友的笑話

（劉邦正）

陰森恐怖	深夜黑暗的小屋	寂靜的走廊
溫暖和煦	午後的陽光	寒冬的被窩
煩躁鬱悶	糾纏的思緒	凌亂的教室
清爽開闊	山頂的草原	一望無際的大海
冷酷無情	空洞的眼神	帶刺的隻字片語
風趣幽默	生動的戲劇	活潑的教學過程

（王則鈞）

陰森恐怖	CSI 犯罪現場	妒火中燒的女人
溫暖和煦	哺乳嬰兒的母親	坐在搖椅上打毛線的奶奶
煩躁鬱悶	吵醒熟睡中的蛙鳴	滿江紅的考卷與成績單
清爽開闊	湖泊中晨泳	檸檬汽水糖
冷酷無情	微笑著的殺人魔	拋棄孩子的父母
風趣幽默	暢銷的笑話集	吸引學生的老師

（李佳美）

陰森恐怖	煙霧氤氳的沼澤	黑暗無人的洞穴
溫暖和煦	鳥語花香的春日	炊煙裊裊的小木屋
煩躁鬱悶	烈日炎炎的中午	擁擠的人潮
清爽開闊	一望無際的平原	白雲朵朵的藍天
冷酷無情	沾染鮮血的斷頭台	鱷魚的眼睛
風趣幽默	大花臉的小丑	戲台上的相聲演員

（林緯翰）

陰森恐怖	孤立的鬼屋	夜晚的墓園
溫暖和煦	午後的太陽	媽媽的臉龐
煩躁鬱悶	炙熱的天氣	睡不著的夜晚
清爽開闊	寬闊的草原	淺藍的天空

冷酷無情	嗜血的殺人魔	不擇手段的生意人
風趣幽默	表演的小丑	天真的孩子

（洪維陽）

陰森恐怖	迷霧中的幻影	深夜的竹林
溫暖和煦	真心的微笑	冬天的陽光
煩躁鬱悶	久久不停的大雨	聽不懂的課程內容
清爽開闊	一片蔚藍的天空	無際的海面
冷酷無情	冬天刺骨的寒風	童話故事中的壞皇后
風趣幽默	喜劇演員卓別林	馬戲團中的小丑

（陳嘉萱）

寫作訓練三 情境觀察與描寫

　　請從下列五種題目，擇取一種，敘寫其完整的情境。（行文應包括場景的描寫、時間的界定、人事的活動，亦可適度融入個人的主觀感受。文長在 250—350 字之間。）

1. 校園的一角。
2. 傳統市場。
3. 大批發賣場。
4. 我家的客廳。
5. 捷運站（或公車站牌）。

寫作說明

　　這一訓練包括了平日對事物的觀察與記憶，同學不僅可以根據平日觀察記憶所得來描寫，更可以摻入別人的記憶，這就需要藉由聯想與想像的能力來呈現了。注意，描寫景物時不能泛寫所有景物，必須有所輕重，才能聚焦在某些事物，以寄託自己的情感。

❖ 捷運站

　　在細雨綿綿的傍晚，午後的悶熱塞滿整個捷運站，而雨水的溼氣沾染在每個人身上，正值下班放學時，人潮擁擠塞滿了捷運站，捷運車廂人貼著人，令人完全無法喘

氣，伴隨在身上的汗臭味，實在令我非常難受。而有的人在玩手機，有的是不停聊天，有的收傘後開始發呆，而有些是人們匆忙的腳步聲，伴隨著捷運車廂進站的聲音，而外面的雨聲還能隱約聽見。原本普通的捷運站，或許又多了雨的氣息。（黃靖容）

評語 寫景細膩，感官描寫豐富，但詞彙的使用還需更用心！

❖ 捷運站

最喧鬧的中午，熱辣辣的太陽催著人們進入捷運站尋找到達目的地的捷運方向。「嗶！嗶！」刷卡越過票站的聲音不絕於耳，匆促的腳步聲迴盪在這個地下捷運之中。接著，當你來到月台之時，會看見許多人們佇立等待。有人總會注視某一隅，好似在思考些什麼似的有人會左顧右盼，慌張的神情猶如熱鍋上的螞蟻。當捷運進站時，車上的人們快速的從車廂傾瀉而出，宛若大軍壓境，而上車的乘客則是有條理、次序的魚貫而入。「嗶！嗶！」哨聲一響，捷運的安全門、匣門應聲闔上，剛剛才宣洩的人潮卻又在此站補上，擁擠的令人難以呼吸，車內的人們只能勉強吸幾口氣，並握緊頭上的握把，不讓自己因甩盪而跌了步伐。（朱家霈）

評語 動態的人事物描寫生動，而靜態的景物描寫則較為貧乏。

❖ 傳統市場

早上一起床，打開門，迎面而來的是一大片混亂的叫賣聲，因為我住在市場裡。

傳統市場的早晨相當的熱鬧，許多的攤販四、五點就開始準備，這個時間偶爾還能聽見斑鳩或綠繡眼停在電線杆上引吭高歌。到了九點、十點的時候，慢慢湧入的人潮漸漸把鳥的歌聲覆蓋，而這個時段，眼前的景象除了人還是人。到了下午兩點，人已散得差不多了，而這時就是各種鳥類的覓食時間。烏黑流線形羽毛的燕子會在此時出現。這就是傳統市場的一天。（劉邦正）

評語 描寫生動，若再加入靜態景物，如陽光、建築等，會更完整。

❖ 公車站牌

公車站牌，每次遇見它時總是直挺挺地立正著，無論春夏秋冬、清晨傍晚、颱風下雨，它吭都不吭一聲，靜靜觀察人們的一言一行，有人默默地走上車、有人向司機道了聲謝謝、有人在等車時看手錶、閱讀書報、甚至將手指在手機上滑過來盪過去的。公車一輛輛連綿不斷地停靠在站牌邊，就像一節節車廂隨著火車頭進站。各輛公車不約而同地打開了車門，人們上上下下進出公車，隨即揚長而去。直到今天，公車站牌依舊站在那裡，似乎像個小孩子般低語著：「應該是我先上車的啊！」。（王則鈞）

評語 描寫生動，但景物描寫稍嫌不足。

❖ 傳統市場

聽見雄渾有力的叫賣聲，就知道傳統市場就在不遠處。傳統市場和大賣場有很大的不一樣，賣場內的物品皆是靜靜的站在展示櫃上，但傳統市場中的物品似乎個個被賦予了生命力，在此起彼落的叫賣聲中快樂的等待著。雖然太陽高高在上，發出強又有力的光芒，令地上的人們個個汗流浹背。雖然陽光毒辣辣的灑下，但傳統市場的賣者都不屈服於此，勤奮的努力著。為了生活努力著；為了家人努力著，著實令人感動。傳統市場雖然吵鬧、擁擠、又有些髒亂，但這種市場又何嘗不是臺灣的一種傳統在地人文文化。（陳嘉萱）

評語 對於動態的人物描繪得極為生動，唯缺少靜態景物的烘托，是為缺點。

❖ 公車站牌

清晨六點鐘，手持著變色的英文單字本，還在為早自習的英文考試臨時抱佛腳，一陣冷冽的冰風吹來，肆虐著我單薄的身子，忽地強行掠走我夾在單字本中的紙片。搖搖欲墜的公車站牌也因這風冷得直打哆嗦，咯咯作響。為了要追上被綁架走的紙片，自然要放下單字本，此時才真正注意到身旁多了不少人，他們都在等，在這

冷冬的早晨，遲遲不來的公車。（李佳美）

評語 以主觀心境為主軸，較缺乏客觀景物的觀察與描
繪。

❖ 我家的客廳

早晨玫瑰白的牆上傳來刷刷的聲音，撕去的日曆拉開了
一天的序幕。空氣中帶有一絲咖啡味，隨著陽光從電視
後方刷霧的窗戶漸漸爬上沙發，咖啡香也更加地濃郁。
父母出門後，就剩我一人欣賞家中的風景。中午是艷陽
的獨奏曲，恣意闖入的陽光映在我臉上，暖烘烘的，額
上的汗珠是我無聲的回應。一旁招財樹倒樂得很，伸直
了墨綠的手臂緊緊擁抱陽光，吃完飯後開啟電視，柔和
的光線不急不徐的流瀉而出，雪白的牆壁暈染微黃，我
總在這由如米勒拾穗的寧靜中睡去，留下主播一人獨
白。河堤旁燒酒螺的販賣聲響將我搖起，快指向五的短
針催我去溫書，告別家中最令我眷戀之處——客廳。（林
緯翰）

評語 寫景敘事均富有濃厚的感染力，措詞亦純熟穩定。

❖ 大批發賣場

日夜交替，太陽與月亮一起守護著天空。而一天中，最
令我喜歡的時候莫過於夕陽與月亮出現的那段時間，氣

溫恰到好處，尤其景色，美得筆墨難以形容，更重要的是，馬上就有大餐可吃。

為了補齊日常用品及填飽肚子，全家開著車來到了大批發賣場，雖然地處偏僻，不過應有盡有，滿足食衣住行各方面，不成問題。香味飄逸、座無虛席，這就是它的美食區，多種口味任君挑選，就待吃飽了好好消費一番。挑高的天花板、整齊排列的貨架、多樣化的商品、許多的人，賣場內的大空間，更令人覺得自己渺小如蟻。一家人各司其職，爸爸推著購物車、媽媽採買東西、而我則在一旁閒晃，等到東西買齊，也就結束了這「大賣場之旅」。（洪維陽）

評語 簡單的氛圍營造，已烘托出賣場中的人事活動，描寫景物氛圍恰到好處。

寫作單元一

寫作訓練四 引導寫作

　　從前，「慢」是成事的基礎——好湯得靠「慢火」燉煮，健康要從「細嚼慢嚥」開始，「欲速則不達」是孔子善意的提醒，「慢工出細活」更是品質保證，總之，「一切慢慢來！快了出錯划不來！」

　　現在，「快」是前進的動力——有「速食麵」就不怕肚子餓，有「捷運」、「高速鐵路」就不怕塞車，有「寬頻」就不怕資料下載中斷，有「宅急便」就不怕禮物交寄太晚，身邊的事物都告訴我們：「快！否則你就跟不上時代！」

　　不同的時代總有不同的想法，但「慢」在今天是否已經過時？「快」在今天是否真的必要？試以「快與慢」為題，闡述自己的觀點，文長不限。（90 年大學學測）

寫作說明

　　這是一個二元分論的寫作題目，在說理上必須兩種概念均等，較能對比出兩種概念的差異。本文為「論說文」題型，同學可以在論述過程中融入氛圍營造，以增加文章之感染力。謀篇方式可以使用「敘─論─敘」的形式，敘事部分就是氛圍營造可以著筆的段落。

❖ 人生如音符穿梭在五線譜間，而快與慢是生命的節拍，交織出多采多姿的生命樂章。音樂有時如圓舞曲的節奏一樣緩慢，有時如恰恰般的節拍急促，營造不同的氣氛。而人生的腳步也須適時地調整快慢，才能追尋夢想，而又不留下遺憾。

　　天微微亮起，鈴聲無止境的嘶吼，雖是週末但接近段考的日子卻不能鬆懈，整好衣衫匆忙趕向補習班，人行道上快速移動的腳步，馬路上呼嘯而過的汽機車，然而腳步總趕不上我們所需的時間，到了補習班坐定位子，開始一整天的自我鍛鍊，上課、考試，腦袋中的思緒一路被牽著走，度過十多個鐘頭，這樣的人生其實有點茫然。

　　晚上九點，拖著已麻痺的身軀離開，卻有一種無法形容的輕鬆感，吃著接近宵夜的晚餐，而路上的行人依舊，但已不再像白天的匆忙，咀嚼一口飯，這才想起今天發生的一切都是如此地趕，那麼地倉促，在快速的時代中沒想到現在還能享受片刻的緩慢，而這樣的慢在都市能嘗到多少次，但有時不也該放慢腳步品嚐生活。

　　多多學習不斷調整腳步，遇到困境時，放慢腳步，耐心等待契機；遇到機會降臨，努力趕上，絕不允許自己錯過，雖然都市中的忙碌生活被侷限了自由，但在其中偷偷享受短暫的悠閒，而這樣的人生，不也能譜出精彩動人的生命樂章，不留下遺憾。（黃靖容）

評語 論述觀點切題，但景物的描寫稍嫌不足，無法形成完整的氛圍。遣詞造句亦須多用心，避免冗詞或贅字，以免影響行文的流暢度。

❖ 快，是一個表達急速的字眼；慢，則與之相反，表達出悠閒、輕鬆，緩慢之意。兩者相差甚距。但，現在的人們生活方式就處在此二者之間。

「快一點！否則就會遲到了！」想必這是大家耳熟能詳的話語吧！這時的你，就會如同無頭蒼蠅一般，來不及做早餐，就匆匆換上衣服，抓著背包向外衝去。接著，眼前的「小綠人」開始加快步伐並不斷閃爍。慌忙的你，就會不顧一切的向前加速，一如跑百米一般，可望越過下面黑白交錯的斑馬線。從這裡得知，這是大多「快」的人，常表現出來的生活習性。

「慢一點，欲速則不達」，告誡的話語，常自老師的口中講出。這時的你，也許聽進了勸誡，緩緩的將自己該做的事完成。接著，一個讚賞的眼光從老師的眉眼之中浮現。開心的你，就會保持這個步調，如悠閒地散步在雲端一般。渴望得到更多、更美好的讚美。這是大多「慢」的人，常表現的生活特性。

所以，慢比快還要好囉？這可不見得。或許你會說，快的人多麼危險呀！若是不如「慢」的人，放棄這次過紅綠燈的機會，安全等待下一個紅綠燈比較好吧！但是，若再換一個場景，結果可能就不同了。

某天，老師發了一項大型作業，要求同學們要在三天後交出來，慢的人就會開始拖，想要等到明天再下手，但是快的人就會立刻動手，完成任務。三天後，快的人交出了報告，慢的人也交出了報告，但內容不完整，因為「欲速則不達」的觀念根深蒂固，他無法接受如此突如其來的要求。

那麼，「快」與「慢」到底哪個比較好呢？實際上，這見仁見智。不過我個人認為「快」猶不及，「慢」也猶不及。我們應該在這兩個字之間取得平衡，有時需「快」，有時則「慢」，讓我們的生活得以彈性調整，得到最適合自己的生活方式！（朱家霈）

評語 論述精確，舉例適切，雖能充分凸顯主旨，但氛圍營造不足，無法強化文章的感染力，當然對於文章論理的深刻度也有限制了。

❖ 在現在的社會中，快，有快的好處；慢，有慢的價值。然而快與慢各有好壞，並無對錯。

快有快的好處。現在的生活中，為了求節省時間，有了許多新型的交通工具。以前木箱型的四輪大馬車，變成了現在鋼鐵外殼的汽車。以前由樹木製造而成的帆船，用的是人力或是風力甚至是海流來移動，航行時間隨便都要半年。而現在，有鋼鐵外皮的船，能夠破冰破浪，而他用的是引擎為動力，只要三個月即可從亞洲到達美洲。現代城市中便利的交通工具也使我們節省了不

少時間。

　　然而，快也有缺點。有些人為了爭取一、兩秒鐘，強行穿越黃燈，最後導致車禍。也有人為了一時之快，把車開的很快，最後煞車不及，撞傷別人。所以有時候快也不見得是好事。

　　慢也有慢的優點。現在的社會相當的繁忙，每個人不論是走路或是開車都相當的快速，為了追求就是節省時間。然而在通勤的過程中我們常常不經意看到某個美妙的景物，但一晃而過，使我們沉浸在懊悔中。

　　「快與慢」充滿於現在的社會中，一直以來都是人類面臨的問題。快有快的好處，慢有慢的優點。如何在這其中取得平衡，那就是個人的功夫。（劉邦正）

評語 論述有餘，而寫景不足。景物描寫所營造的氛圍，能使文章的情理更加凸顯，不可缺少。

❖「快快快！要來不及了！」、「慢慢來，還有五分鐘呢！」汽車裡的時鐘一閃一閃地走著，全家大小正忙著趕火車前往渡假的地點。「叭叭叭！」多次的變換車道。「嗶嗶嗶！」穿過一輛輛大小客車，好不容易抵達了火車站。「先生，能出示你的駕照嗎？」原來，為了趕幾分鐘而收到超速、闖紅燈的罰單。趕趕趕，快成這樣值得嗎？

　　現代人的生活步調極快，尤其是都市人，幾點幾分約好要開會、幾點幾分約好要吃飯，像個大忙人似的，

趕來趕去，搞得自己的身體都累壞了。有些時候，不妨慢下來，不是說不去赴約，而是提早準備好，不僅不用因為「趕快」而緊張，反而還能因為「慢」而發現「快」所忽略的事物。

　　「快遲到了！」一名學生在街道上賣力奔跑著。「總算到了……咦？」，他看了看手錶。「原來我早看了一小時……」。校門口的鐵門緊緊靠在牆上，彷彿不讓任何人打擾正在熟睡的學校。學生在校門口徘徊，但鐵門依舊不肯讓步，於是，他決定到附近走走，打發等待的時間。「這條街我從來沒有走過呢，之前都因為太趕了所以沒有注意到。」鳥兒在枝頭高聲鳴唱，綠油油的樹葉築起一道城牆，保護著底下的人們不受陽光侵擾。而在樹蔭下，有人在做操、打太極拳、有人在打球、還有群小朋友在一起玩耍嬉鬧——這裡是一大片森林公園，卻隱身在巷弄之間，遠離塵囂般地躲在都市的一角。「原來還有這種好地方……」，學生坐在一棵大樹的樹蔭下。「以後早點來的話就能享受這種悠閒了……」。

　　快與慢，不能說絕對的好或絕對的壞，車子開得太快會出事，開得太慢又會造成後方車輛的困擾，必須掌握得當，該快的時候快，該慢時就慢下來了。快得巧、慢得妙，生活自然就美好。（王則鈞）

 評語　景物描寫極為生動，所營造的氛圍亦足以烘托事理，凸顯主旨。

❖ 「快」、「慢」是絕對不相容的嗎？在體育競賽中，慢者意謂著必為輸家。在製作瓷器時，慢慢的琢磨，才可做出完美的成品。生活中許多的例子快和慢是不容許出現在同一時間點、同一空間，所以「快」和「慢」真的是互相矛盾？

　　「快」似乎就是現代社會生活步調的代名詞。身處臺北街頭更能有深深感觸。早晨的陽光溫暖的閃耀著，早起的鳥兒在枝頭間歌唱著、跳躍著，這何嘗不是衣服和諧、愉悅的圖畫呢？但處在臺北街上的人們，沒有任何一個人慢下腳步，欣賞這難得的美景。人們總是拎著公事包快速的走著，鞋底叩、叩、叩的急促敲打著地面，形成一股緊張的節奏，心裡總是會莫名的發出一個聲音，告訴自己加快自己的腳步，以免追不上別人。在斑馬線前等待小綠人向他們揮手的人們，總是像將要參加百米賽跑的選手，當小綠人一出現，就要使出全力向前衝刺。但像這般快速的生活步調真的有那麼好嗎？快可說是便利，有泡麵可以讓我們迅速的填飽肚子；微波食品減少了烹煮時所產生的油煙和烹煮所需的時間。雖然這些簡單、快速、省時，但在食用的當下是否也嚐進許多化學藥劑、大量的鹽和味精。縱使這些食品皆具備料理的基礎——色香味，但在尋求更快的當下也賠上了健康。

　　試著慢下腳步吧！充實的運用自己所擁有的時間，不要把所有的行程排得如此緊湊，讓自己有空閒的時間可以享受人生的各種機遇。放慢腳步讓清晨的陽光輕撫

你的肌膚；聆聽鳥兒所唱的優美的旋律、愉快的交談；感受微風的擁抱。試著親手烹煮食物，感受每種食材不同的觸感，了解他們的特性，感受那段時光的快樂，是否會比食用微波食品還要來的健康、來的快樂。

「快」和「慢」當然不是互相排斥、互相矛盾，而是當自己學會如何應用自己的時間，雖然身處於快速的生活步調中，但仍能保有慢生活的健康和快樂。（陳嘉萱）

評語 景物描寫已充分展現，但有邏輯性的安置，才能發揮烘托和相互呼應的效果，再多練習。

❖ 一大早處處都充斥著極速的步調，看著好端端的馬路被橫衝直撞的汽機車蹂躪，為了趕公車而用盡全力奔馳百米的學生，這個世界彷彿只要暫停一秒，就會亂成一團。現代的人們一切講究效率，微波調理包省去了在廚房灑汗煮飯的功夫，三分鐘可以抵三十分鐘，還真划算！社群網站代替雙腳連絡朋友的感情，更不用千里尋友，只要打上幾個關鍵字，從幼稚園同學到辦公室同事全部給你一網打盡，連參加聯誼都免去了。但，你有沒有想過，微波調理包終究是不包含愛的成分，社群網站上聊天還是比不上見面多的那三分情？對！我們省下成千上萬個分鐘，然而同樣也損失了不計其數的人情冷暖，這樣真的還能稱得上「划算」嗎？

一頓四小時的法式料理，如此漫長的時間足夠讓食

物挑動你的味蕾，充分品嘗到每一道食材的原汁原味，酸甜苦辣鹹盡在你的口中，你的人生將因慢慢的感覺，細細的品味而變成彩色。這種幸福豈是微波調理包所能比擬的？電腦程式更不是一天就能做到完美，靠著日新月異不斷的更新和改良，才能提供使用者一個品質、功能皆令人滿意的工具，而這種程式設計是絕對急不了、催不得的，只能慢慢來，逐一修正，才有百分之百的品質保證。若是要求快，東落一個，西漏一項，哪能給顧客使用呢？

慢！是生活美學的基本條件，一整天都處在風馳電掣的節奏下，強迫自己活得精神緊繃，何苦這樣虐待自己？放下快馬加鞭的腳步吧！公車坐下一班也還來得及，左右的樹苗在你每天的急促當中，長成了小樹，你現在才發現嗎？側耳傾聽燕語呢喃，和城市的喧囂是否形成了很不和諧的協奏曲？花開花落、月圓月缺都要等你放慢無意義的快，才看得到。

午後找個有樹蔭的地方，一邊仰望天空中雲的飄轉，一面細嚼母親、妻子或是自己手製便當裡面所包含的愛，就算是單調、枯燥乏味的工作時段，也能因為將心情放慢，而多添上幾分精彩。利用社群網站聯絡上失散多年的好友，為何不花點時間，撥個空檔，拜訪對方一下？或許因此有機會來個環島旅行，擴大視野，享受慢的樂趣，體驗慢的哲學吧！（李佳美）

評語 舉例豐富而適切，論述態度亦穩定明確，唯所期待
的氛圍營造仍顯不足，日後宜多練習，使文章更具
感染力。

❖ 生活在匆匆忙忙的現代中，時時刻受刻都限於時間。我
們得在三點半前趕去銀行、三十分鐘內完成考卷、七點
半前到校，時間總不等人，使我們不得不快，但我們又
常被告誡急事緩辦、慢慢來，快似乎就容易出錯，究
竟，快與慢是否有如水火般不容，又或者像是一杯香醇
奶茶中紅茶與牛奶般的和諧呢？

　　木筷輕輕劃開晶瑩剔透的小籠包表皮，肉汁的香氣
伴著熱騰騰的蒸氣縈繞鼻尖。饑腸轆轆的我怎能禁的起
如此味蕾的挑逗，張口便吞下佳餚，湯汁由舌間流向食
道，猶如春風拂過的山野，綠草如茵、萬紫千紅是醉人
的幸福。隨後肉餡跳了出來，一口咬下，豬肉的嚼勁和
面皮的彈性相得益彰。這樣的美味，怪不得這家店近悅
遠來，甚至名揚國際。絡繹不絕的饕客不斷上門，為了
講求效率來達到高翻桌率，門口有專門帶位人員迅速帶
位，廚房師傅各司其職，不曾歇手，點餐上菜不到五分
鐘，這是快的功夫。

　　然而，快要快的巧必須建立在慢的基礎上，仔細看
可以發現該店從做麵糰，接著揉、打、撖、拉，每個動
作都確確實實，沒有馬虎。接著拌絞肉所需的水也有比
例，才可使湯汁恰到好處。就連小籠包的摺皺部分，該

店也都維持在二十個左右，她們說除了美觀，口感也最好。這樣的堅持似乎已是在做一件藝術品，一筆一劃都需用心，都有意義。原來入口的感動來自自身嚴格的要求。不求快而求好，這樣的精雕細琢是慢的講究。

我們無可否認快是未來勢不可擋的趨勢，但凡事不可只看表面，快要有價值，事前總得經過周延的思考、規畫，再來落實，以達到我們所欲追求的快，不是嗎？試想一隻手機，若沒有經過良善的思考設計或改善，而來匆促上市，也許基於品牌魅力能夠帶來商機，但消費者很快會發現這只是一隻紙老虎，其所得利益不過只是泡沫，轉瞬即逝。因此我們做事更該以慢為本，按部就班，先做好，再求快，這才是可長可久之道啊！

反思，當我們汲汲營營地趕路，埋頭苦幹地追求，是否讓我們錯失了一旁綺麗的風光？木綿在春天抽枝散葉，吸取能量，在夏日綻出碩大的花朵。人心亦如此，需要滋養、需要休憩，何妨停下腳步，看山聽海、觀書品茗，覓得自己的桃花源歇息後，再去追求生命的美好呢？

這是個矛盾的時代，我們得在快與慢中取得平衡。何時快、何時慢，要像海綿般收放自如。跳出僵化思考，不一味求快，才不會小得而大遺，得不償失啊！

（林緯翰）

評語 寫作用心，思維細膩，無論是說理或是寫景，均有上乘水準，足堪褒揚！

❖ 豔陽高掛在天空上，但它散發出的光芒卻遍布在所有我
視線可及的範圍內，柏油路被它的光芒照得像一面鏡
子，刺眼得令人睜不開眼睛；對面的屋子被它的光芒照
得要流汗了；而小草為了要爭取更多光芒以行光合作
用，抬頭挺胸，像極阿兵哥在出操；大樹依然挺立在
那，但它的活力特別旺盛，我感覺得到；那路上的行人
呢？就連窩在屋子裡的我也對炙熱的天氣舉白旗投降，
更何況他們，撐傘的、喊熱的、找樹蔭的，好不狼狽！
突然一陣微風吹來，令我不禁想起往事。

　　同樣是豔陽高掛的天氣，不同的是，我沒窩在家，
而是出外踏青。那一年的暑假，四姨一家從加拿大回
國，全家於是計畫要環島旅行，第一站便是宜蘭，一連
串的山路加上著名的「九彎十八拐」，害得阿嬤、四姨
一路心驚膽戰，深怕暈車，因此一路上開開停停，但也
因為這樣而有時間去欣賞大自然的藝術，每個山壁都像
一幅大師所畫之名著，展現不同的風格；每棵樹木、每
株花、草都像不同的人，個性萬千，各領風騷；每次停
車，抬頭一看，雲朵總是又換了一種形狀。不只大自
然，也體會到濃濃的人情味，當地人的好客、熱情。在
車上的移動時間，更是全家人聯繫感情的好時光，彼此
寒暄、聊聊近況、唱卡拉 OK，多不歡樂阿！

　　但到了現今，因科技發達、工業技術進步，在雪山
的肚中開了一條通道，使得臺北往返宜蘭變得是一件省
時又省力的事，不需事前計畫，當天來回也易如反掌，
沒有暈車的煩惱，只求不塞車就好，多麼輕鬆又愉快！

把車開上高速公路，開進隧道，一路抵達目的地，快速方便又不會出錯，不過少了風景、人文，這樣的快真的好嗎？

慢可以讓人去領略、去感受、去體會周遭的人事物，在人生的一趟旅途中或許會獲得較多東西；而快讓時間縮短，有如走捷徑一般，卻少了生活中的美景、人情，如同現代鄰居互不相識。慢可以適時讓人去調整腳步，去思考進而去做改變，在人生的旅途中選個適當的時機去轉換道路；而快，就有如隧道一般，你只能順著它開到底，加速衝刺，到了交流道才由得你選擇。慢讓生活較自在，親近大自然的美麗；不像快，封閉在隧道中，那壓力、狹小的空間，令人渾身不舒服。不過事情總是一體兩面，慢步調使得長時間，這讓都市人無法去接受。慢有時要靠自我探索；而快有如隧道，別人幫你鋪好好，你只管照走，省去許多麻煩。

因此，慢與快要兼有，不能長時間快，使得生活緊張、壓力過大；又不能長時間慢，孟子說：「生於憂患，死於安樂」，要有適當的壓力才行，所以唯有快慢兼行，才是最好的人生方式。

突然，一陣涼風吹來，抬頭一看，原本晴空萬里的天氣瞬間烏雲密佈。啊！晾在外頭的衣服還沒收呀！

（洪維陽）

評語 你已具備運用寫景來營造氛圍的能力，唯行文時，措辭仍需力求流暢。繼續加油！

❖ 法國人相當注重用餐時間,在飯前總會對用餐者道:
「Bon appetit!」,他的意思是「祝您有個好胃口」。至
於我們中國文化中,於用餐前則是說一句「慢用」,這
樣一句話除了請人慢慢地享用美食外,還有更深的一層
涵義。「慢」,這一個字提醒了用餐前的兩個小時,大廚
細心烹調每盤佳餚,料理每份餐點,透露出「慢」的美
學。

　　如果對體驗「快」有興趣,逛一趟五點的臺北車站
絕對使你值回票價。有節奏感的步伐自四面八方湧入,
有金髮碧眼的外國人,西裝筆挺的上班族,趕六點補習
的高中生……他們踏著稍快——甚至是小跑步——來來
往往,穿梭於車站中,速度稍微歇下,後頭的秩序就亂
了。低著頭猛地往前走,頻望著腕上的錶,生怕錯過人
和一秒。

　　在從前,「慢」可謂遠古賢哲享受人生的代表,他
們輕鬆愜意地品茗、聊天,酣觴賦詩,吟誦詩詞,「時
間」乃身外之物。而凡事欲速,則遭人唾棄,認為不符
文人雅士的風雅。今日「快」則估去工具逐一出現。昔
日往來各大洲,靠的是風力帆船,接著工業革命後出現
蒸氣船,再來乾脆「棄海從空」發明了省時方便的飛
機,接著是海底隧道,科技的日新月異,讓時間縮短,
達到了現代文明人的理想。

　　「慢活」是一種藝術。漫步在林蔭步道上遠眺美
景,以一種閒散的心情信步遊走,步調稍慢,心情愉
悅。經過街角的咖啡館推開門覓一個角落位子,點一杯

加了奶泡的卡布奇諾，拿出一本剛買的小說來看，或者拿出素描本塗鴉，看著對面人聲鼎沸的商店街和熙來攘往的人行道，是否發現自己身處世外桃源？或許無法如竹林七賢般的灑脫，但能達到如此「心遠地自偏」也未嘗不是件好事。「不快一點你會錯過很多東西」，我倒認為，太快的速度反而使你看不見任何東西，你或許不知道今日的雲是積狀，巷口的飲料店搬走了，那隻黑狗今天不見了……確實地成為了一個大自然的盲者。

　　「快」彷彿已成為了當今社會的潮流，為了達成理想的效率而縮短時間，捨棄了很多發現的機會。然而「慢」也不能過度──過度的慢只會讓人變得懶散、消極。如果可以精確地拿捏「快與慢」的尺度，才是適應新時代的新新人類。「性急宜佩韋，性緩宜佩弦」才是中庸之道！（黃麟茜）

評語　取材豐富，論述深刻而精確，確實展現你的遣詞造句的純熟功力，然謀篇布局略顯雜亂，氛圍的營造亦不到位，故論述說理沒有情境的烘托，似乎削弱了說服的感染力。

寫作單元二

用心撫觸地球的傷口

——環境保育與寫作

S. Huckleberry

 寫作訓練一 文本閱讀與分析

請閱讀下列文章，並根據文章內容回答問題：

海岸地區常常因為多風，土壤又多含鹽分，沒什麼農業價值；再加上地理位置偏遠，交通不便，土地利用的經濟價值亦甚低。長久以來就被當成一無是處，除了填倒垃圾外，任何形式的開發都是天大的恩典。從來沒有人想到這些海岸地區的生態景觀價值，是值得被保護的。這些珍奇景觀的消失都被認為當然的，或是不可避免的，甚而是進步的代價等等。

我們看到另一些海濱沙丘地區開發成了工業區或養殖區；茂密的海岸林被砍伐後種上瓊麻或其他經濟作物；甚而海岸防風林都被砍掉，開發為農田。短期內它們的確為少數的某些人帶來了財富，但長久看來呢？不少地區已經看出一些端倪了，林邊、佳冬一帶的養殖區已引起海水倒灌問題。因為過去沒有人知道在生態學上海岸沙丘在下雨時，可吸收儲存大量的淡水，除了可調節洪水外，沙丘下豐富的地下淡水亦可阻止海水滲透，劣化土質。

沒有人想到海岸地區的生存條件非常惡劣，不論海岸林或防風林的生長均極不易；砍伐後大都會引起嚴重的風蝕與水土流失，開發後所得的農田，經濟價值亦甚低，可謂得不償失。（改寫自馬以工〈破碎的海岸線〉）

寫作說明

文本的閱讀理解，最先要找出文章的主題思想，這是延伸到寫作訓練的基礎。這篇文章與海岸線的開發有關，同學在掌握主旨之後，需要進一步掌握其對於海岸線有形與無形的價值的詮釋，最後再提出自己見解。

一、這段文字主要在敘述什麼？

❖ 海岸地區的經濟價值並不高，而生態景觀價值，若亦無法保存、被保護，顯然是對自然環境的極大傷害。（黃靖容）

❖ 比較海岸線的破壞與人類的經濟利益，要我們保護生態。（朱家霈）

❖ 人們時常只見眼前的利益，卻沒想到之後的代價是多麼的慘重，提醒人們重視海岸保育議題。（陳嘉萱）

❖ 臺灣海岸線的開發與其帶來的影響。（王則鈞）

❖ 海岸地區的重要性及人類過度開發海岸地區後所引起的問題。（何品萱）

❖ 敘述海岸的價值和人類破壞海岸線的後果並呼籲要保護

海岸環境。（李佳美）

❖ 海岸地區因開發而引出的負面變化，進一步帶領人們去
深思海岸地區開發與否的問題。（洪維陽）

❖ 海岸地區的重要性，應多注意保護海岸線。（賴郁佳）

❖ 臺灣海岸地區的破壞，證明臺灣的土地利用不恰當。
（劉邦正）

❖ 人類的短視近利破壞海岸線，終將得不償失。（林緯翰）

二、作者認為海岸地區有哪些有形或無形的價值？

❖ 無形的價值是生態學上海岸沙丘在下雨時，可以吸收儲
存大量的淡水，不僅可調節洪水，沙丘下豐富的地下淡
水亦可阻止海水滲透劣化土質，而有形的是海岸地區的
景觀及經濟利用價值。（黃靖容）

❖ 海岸可以減緩或阻擋大自然帶來的力量。例如調節水和
阻擋海水倒灌、滲透。無形的價值有給予地球永續的發
展。（朱家霈）

❖ 想必生態景觀最為重要，海岸茂密的樹林可提供沿海生
物一個安全居所，也是天然的防風林。海岸沙丘更能在

下雨季節調節洪水，更能阻止海水滲透，劣化土質。
（陳嘉萱）

❖ 海岸線的保存可以防止海水倒灌、土壤鹹化，還能促進
　生態發展，進而教育人們保護環境的重要性及省思。
　（王則鈞）

❖ 有形：豐富生態景觀、可調節洪水、也可阻止海水滲
　透，劣化土質。
　無形：海岸線的珍奇景觀可能會帶來帶來大量的觀光資
　源。（何品萱）

❖ 有形的價值：海岸特殊的生態，如紅樹林、水筆仔、招
　潮蟹等。
　無形的價值：默默的保護人民免於自然災害，調節洪
　水、阻止海水滲透地下水，提防土質劣化。（李佳美）

❖ 有形：海岸沙丘在下雨時，可吸收儲存大量的淡水，除
　了可調節洪水外，沙丘下豐富的地下淡水亦可阻止海水
　滲透，劣化土質。
　無形：海岸地區的生態景觀價值。（洪維陽）

❖ 有形：海岸防風林、海濱沙丘天然的保護、生態景觀價
　值。（賴郁佳）
　有形：海岸沙丘在下雨時，可吸收儲存大量的淡水。

無形：這些珍奇景觀的消失都被認為當然的，或是不可避免的，甚而是進步的代價。（劉邦正）

❖ 海岸地區擁有許多無形的價值，除了為一個生態環境地之外，其沙丘更在下雨時能儲存淡水，防止海水滲透。但人類卻汲汲地追求有形的價值，將海濱開發成工業區、養殖區、農田，相較於水土流失、海水倒灌，經濟利益更顯微不足道。（林緯翰）

三、看完這篇文章，你究竟贊成或反對海岸線的開發？為什麼？

❖ 反對，既然經濟價值不甚高，而海岸線仍擁有生態價值，那為何要破壞地球上的任何一塊土地，即使開發也未必能有更高的利益，如果能保護好生活周遭的環境，那才是對自然環境最佳的永續發展。（黃靖容）

❖ 反對海岸線的開發。因為相對於人類自身的利益，海岸線的保持比較重要，因為他們孕育出的物種及生命，怎能因為人類的關係，而喪失自己活著的權力。只是因為無法言語，人們就把他們的沉默當作同意，阻礙其生存的空間。（朱家霈）

❖ 對於海岸的開發，我抱持反對的立場。因為海岸景觀是多麼重要及稀少。海岸地區地質惡劣，能在此生長的生

物何不皆擁有強韌的生命力。眼觀全世界，此種景觀甚
為少見。雖然科技持續的進步，各個國家都正尋求地區
開發，但一些自然景觀更需保護。（陳嘉萱）

❖ 我反對開發海岸線，一旦有海岸線被開發後，其他人也
會有樣學樣，加速海岸線的破壞、生態的流失，形成一
個惡性循環。日後更會引起更大的災害，造成更大的損
失，等到人們發現時，通常都已經很難阻止了。（王則
鈞）

❖ 我反對海岸線的開發，因為海岸線對我們有很多益處，
例如可調節洪水、阻止海水滲透，如果我們為了一點點
的利益而去大量開發海岸線，那麼後果不堪設想，可能
會淹水、海水倒灌等，最終還是我們得承受這些傷害，
人類是鬥不過大自然的。（何品萱）

❖ 反對海岸線的開發是因為開發後所帶來的汙染不只是影
響到海岸，近則汙染海洋、土地、空氣，遠則造成人體
上得不償失的傷害。這個世界好處和壞處總是並存著
的；眼前的利益固然誘人，但又有誰知道，大自然的報
應是否在背後暗暗的給你最嚇人的回饋呢？（李佳美）

❖ 「積極開發，有效保育」，臺灣是一個小島，在國際地
位上屢遭中國大陸打壓，因此臺灣的經濟實力必須強
大，才能在國際上抬頭挺胸，所以臺灣必須要發揮每吋

地的經濟價值，一分一毫也不能放過，但在開發過程中也要注重保育，不能留下無可復原的破壞，造成對其他物種的傷害。（洪維陽）

❖ 反對。我們應該更加重視這些議題，只是貪求眼前的利益而造成無法挽回的局面。我們認為人類可以主宰這個世界，戰勝大自然，但人類做的事，除了破壞還是破壞，人類應該要盡一切努力保護大自然，與它和平共存。（賴郁佳）

❖ 看完這篇文章，我是有些反對海岸線的開發。海岸線開發後，人類雖然因此取得了多一些的土地跟資源。但人若因此壞了海岸線，大自然的反撲會導致人們辛辛苦苦開發或建造的東西毀於一旦。與大自然共存才是根本。（劉邦正）

❖ 我覺得這是個涵蓋多方面的議題，不可單純地反對或贊成。例如；若一地沙岸常飽受侵蝕，我們是否就該放置消波塊？又如一地海岸若有許多奇珍異石，那我們是否可將其適度開發成自然風景區呢？面對環境議題，我們更該綜合評估、因地制宜，在有經濟價值的海岸小心開發，在需要被保護的海岸予以適度維護，在自然與經濟的平衡上求得最大利益。（林緯翰）

寫作訓練二 文章縮寫

請將下列文章縮寫成 250 字的短文：

　　初到南灣的人，總是驚訝於它那片湛藍的海水。很少人知道在那一片海水之下，還有一片濃密連綿不斷，全世界種類最多、色彩最豔麗的軟珊瑚林，常令許多喜愛潛水者流連忘返。

　　軟珊瑚林的最大價值當然不會是觀賞。它也是豐富魚產的溫床。在軟珊瑚林的附近，海水中的有機質特別豐富，培育了水中無數的微生物，而大魚吃小魚、小魚吃蝦米、蝦米吃泥巴，所謂泥巴也就是水中含有豐盛有機質與微生物的泥巴。目前沿海地區的漁民，單靠捕撈魚苗，每年就有近億元的經濟收益。

　　這樣特殊的美景，因為一般人缺乏潛水技術與配備，長久以來就沒被重視過。目前不法撈捕軟珊瑚者甚眾，撈起來的軟珊瑚立刻死亡，所有豔麗的顏色也跟著消失，變得像你在攤販架上看到的白白灰灰的。除了放在熱帶魚缸中裝飾外，一無用處。也有不少人用炸藥炸魚，除了對漁產有影響外，常常炸坍海中的礁洞，而將大片軟珊瑚林掩埋。再加上前幾年後壁湖漁港擴建時施工的棄土，已使南灣海底的生態遭受嚴重的破壞。

　　熱帶地區一般海洋的生物相，包括軟珊瑚在內，均生存在接近溫度的極限上。只要溫度略微提高，再加上陽光、海流、風向等條件的改變，都會引起海洋生物的

大量死亡。冷卻發電機的熱廢水所引起的熱污染——核電三廠運轉以來所產生——,使南灣海底的軟珊瑚林面臨著生死存亡的考驗。

　　臺灣的海洋生物學正在啟蒙階段,而軟珊瑚在全世界的海洋生物學尚是一門充滿未知的學問。軟珊瑚尚未被學術界分類,大多數亦沒有學名,對其功能、特性也不清楚,糊里糊塗就讓它們消失,真是一件遺憾的事。

(摘錄自馬以工〈失去的軟珊瑚林〉)

寫作說明

　　文章縮寫的要訣在於掌握全文的主旨與精華字句,所以學會對文章畫重點是很重要的的能力。畫出重點之後,將重點文字重新融合也是重要的過程,同學要學會寫作材料的排列組合,自然可以駕輕就熟。

❖　南灣地區的那片湛藍海水中,擁有全世界種類和色彩最多且最豔麗的軟珊瑚林,這樣的海水含豐富的有機質及微生物的泥巴。但如此美的景致並未被重視,導致不法業者捕撈軟珊瑚,可是這些珊瑚的經濟利益並不高,除了裝飾,亦無用處,有人甚至用炸藥炸魚,更炸坍海中礁洞,加上漁港擴建施工,已使南灣海域嚴重破壞。熱帶地區的珊瑚,若溫度略微提高,將引起海洋生物的大量死亡,冷卻發電機的熱廢水更威脅軟珊瑚生死存亡的考驗。臺灣海洋學正在啟蒙階段,軟珊瑚在全世界尚是

一門充滿未知的學問。（黃靖容）

❖ 南灣擁有全世界最多、最豔麗的珊瑚林，軟珊瑚林附近含有豐富的有機質和微生物，而自身也是魚產的溫床。但是，它長久以來沒被重視過，因為人類許多不當的惡意開發，已使南臺灣海底生態遭受嚴重破壞。熱帶地區的許多生物，包含軟珊瑚，均生存在溫度上限，只要環境一略有改變，就會引起生物死亡。可是核電廠的出現引來的熱污染，已經引起了生態存亡的大考驗。臺灣的海洋生物處於啟蒙階段，是一門充滿未知的課程。軟珊瑚尚未學術分類，大多對它們不清楚，糊裡糊塗的讓它們消失，真是一件遺憾的事。（朱家霈）

❖ 南灣，擁有湛藍的海水和全世界最多、最豔麗的軟珊瑚林，這片景色真令人流連忘返。軟珊瑚林不只可以觀賞，更為豐富魚產的溫床，因其含有豐富的有機質，孕育了許多魚產和經濟價值。雖然美麗，但卻受人忽視。不少違法捕撈者，令珊瑚失去原有的色彩，不少人用炸藥炸魚，而使海中礁洞坍方，大片珊瑚林便遭掩埋。加上後壁湖漁港擴建工程的棄土，生態遭受更為嚴重的破壞。其生長環境也會因一點點的改變，而使他們大量死亡。人類的開發更深深威脅他們生存的機率。我們對此景觀的知識尚未充分，所以讓這一片軟珊瑚林就此消失，可謂為一大遺憾。（陳嘉萱）

❖ 初到南灣的人，很少人會知道在湛藍的海水下，有片全
世界種類最多，最艷麗的軟珊瑚林。它是豐富漁產的溫
床，海水中的有機質特別豐富，而富含有機質與微生物
泥巴，培育出無數大魚小魚。這樣的美景，卻因為潛水
技能與配備不足，加上不法業者捕撈、礁洞的破壞，以
及廢棄物傾倒，南灣海底生態遭受嚴重破壞。熱帶海域
的生物相當脆弱，溫度、陽光、洋流等條件的改變都會
引起生物大量死亡，核三廠的熱廢水更是軟珊瑚林存亡
的危機。臺灣的海洋生物學正在啟蒙，軟珊瑚更是門未
知的學問，我們對它們的認知還不清楚，就糊裡糊塗地
讓它們消失，真是一大遺憾。（王則鈞）

❖ 南灣擁有全世界種類最多色彩最鮮艷的軟珊瑚林，而這
奇景也是豐富漁產的溫床，附近也擁有豐富的有機質。
但這片美麗的軟珊瑚林卻常久不被重視，加上不法捕撈
軟珊瑚者甚眾，和常常有人為了捕捉魚產，使用炸藥，
炸坍了海中的礁洞，使得這片美景漸漸枯竭。

　　軟珊瑚極容易受到陽光、海流、風向的改變而大量
死亡。而我們的核電三廠卻將這熱廢水排到海中，使得
軟珊瑚林正慢慢消失中。臺灣海洋學正在啟蒙階段，加
上軟珊瑚林在全世界中還是一門未知的學問。對其功
能、特性也不了解，這片美麗的軟珊瑚林就慢慢消失，
這真是一件令人遺憾的事。（何品萱）

❖ 在南灣湛藍的海水之下，擁有全世界種類最多，最艷麗

的軟珊瑚林。它是魚產的溫床，它提供附近的海水特別豐富的有機質；然而，如此偉大的功臣長久以來卻從未被重視過：不法撈捕軟珊瑚者甚眾，但軟珊瑚的生命與色彩隨著被撈出水面而流失殆盡，甚至是在毫無預警之下被炸坍的礁洞、施工後的棄土扼殺、破壞。

脆弱的軟珊瑚只要溫度、陽光、海流等條件擇一改變，便會大量死亡；更甭說核電三廠運轉引起的熱汙染，將軟珊瑚的生存權無情奪去。這麼脆弱的生物尚是一門充滿未知的學問，對它們不甚了解，就讓它們消失，真是一件遺憾的事！（李佳美）

評語 用語精煉，內容紮實。

❖ 南灣是全世界種類最多，色彩最豔麗的軟珊瑚林。軟珊瑚林是豐富魚產的溫床，極其美麗，但這樣的美景，長久以來就沒被重視過。不法捕撈軟珊瑚者甚眾，撈起來的軟珊瑚立刻死亡，也有不少人用炸藥炸魚、炸坍海中的礁洞，以及幾年前後碧湖漁港擴建時的廢土，對生態造成重大影響。熱帶地區的海洋生物相，均生存在接近溫度的極限上，只要溫度略提高，陽光、海流、風向等條件的改變、冷卻發電機的熱廢水、核電三廠的運轉，都會造成海洋生物大量死亡。而臺灣的海洋生物學正在啟蒙階段，尚是一門充滿未知的學問，使得軟珊瑚林糊里糊塗的消失，真是一件遺憾的事。（洪維陽）

❖ 南灣有全世界種類最多、最艷麗的軟珊瑚林,同時也是
豐富魚產的溫床,軟珊瑚林旁的海水富含有機酸,而水
中的泥巴有豐盛有機酸及微生物。

　　這樣的美景,卻從未被重視過,有許多不法商人大
量捕撈軟珊瑚造成其立即死亡。甚至有人用炸藥炸魚或
炸坍海中礁洞掩埋大片軟珊瑚林,加上擴建的棄土,已
使南灣遭受嚴重破壞。

　　熱帶地區的海洋生物均已生存在接近溫度的極限
上,再加上陽光、海流、風向等條件改變及核電三場的
熱汙染等,都已使海洋生物大量死亡。

　　臺灣的海洋生物學尚是一門未知的學問,在尚未了
解前,就讓他們消失,真的很遺憾。(賴郁佳)

❖ 在南灣湛藍的海洋下,有一大片濃密連綿不斷、全世界
種類最多、色彩最鮮艷的軟珊瑚林。在軟珊瑚林附近海
水中的有機質特別豐富,培育了水中大量的魚蝦,附近
的漁民以此維生。但最近許多不法捕撈者盜取軟珊瑚,
珊瑚一被撈起就立刻死亡,除了放在熱帶魚缸中裝飾
外,一無用處。除了大量捕撈外,還有棄土的丟棄和核
電廠熱廢水的排放導致珊瑚大量消失。軟珊瑚在學術界
尚未被分類,大多數亦無學名,若因此消失,真是件遺
憾的事。(劉邦正)

❖ 南灣是世上種類最多、色彩最繽紛的軟珊瑚林,水中豐
富的有機質和微生物的泥巴是漁產的溫床。但美景卻甚

少被重視，不僅有人非法捕撈珊瑚作為裝飾品販售，也有人使用炸藥炸魚導致珊瑚林掩埋，甚至是把建港廢土直接到入海中，造成嚴重的浩劫。熱帶地區的海洋生物生存在溫度的臨界點，往往自然條件略有改變，就容易引起生物群大量死亡。臺灣核三電廠運轉以來，冷卻電機所排的熱廢水已使珊瑚處於存亡之秋。海洋生物學是一門充滿未知的學問，臺灣更尚處啟蒙階段，若就讓他們糊里糊塗的消失，是一件叫人遺憾的事。（林緯翰）

 寫作訓練三　文章續寫

下列是一段約 350 字的短文，請接續短文所敘述的故事，寫成約 600 字的文章。敘事、抒情或議論皆可，但寫作內容必須融入前文的意境。

　　在北美洲的拓荒時期，有一種旅鴿，當牠飛翔於空中時，多得可以遮蔽天日。一八一三年，在肯塔基州，曾有一群旅鴿飛經該地，連續三天才飛完，可見其數量之多。牠們常群聚在大樹上，群聚的面積，有時可以蔓延四十多哩。白種人因為牠們的群聚特性，再加上肉質鮮美，常常捕捉，甚至把捕殺、販賣旅鴿擴張為商業行為。在一八五五年，紐約一位商人曾有一天轉手一萬八千隻的紀錄。一八七九年的密西根州，甚至有捕殺一億隻的紀錄。

　　十九世紀後半，旅鴿在北美大陸已經很稀少了。到了一八九○年，當人們警覺迫害旅鴿過度，不再捕殺時，為時已晚。散居在美洲大陸的旅鴿，由於星散各地，不能成群聚集以完成生殖，又因數量過少，不能對天敵構成嚇阻作用，致使數量每況愈下。一八九四年，人類在野外看到旅鴿最後一個築巢。

　　一九一四年，世界上最後一隻旅鴿在辛辛那提動物園中與世長辭。……

寫作說明

文章續寫只要掌握文意，續寫的部分可以議論，也可以是敘事。只要能提出自己的見解，就算是完成一篇完整的文章了。

❖ 這樣蔚藍的天際，卻失去一種鳥類在天空中翱翔，多麼令人心痛！數年前的今日曾還有旅鴿的蹤跡，而一百年後的今天卻徹底滅絕，這真的是人類所想要的嗎？雖然隨著生物的演變，任何生物終有一天會消失於地球，可是旅鴿的消失，似乎是人類所種下的惡果，是為了經濟利益而付出的代價，但再多的後悔也挽回不了一種生物的滅亡，不過這樣的警訊，就樣提醒人們開始善待環境，對每一物種都應給予自由的空間，因為這些生物可能都比人類生存在地球上的時間還要久，有他們的演變才有人類的存在，既然如此，為何要令他們無法繼續生存在這世界上？如果再有獵捕大量物種的事件出現，難保哪天人類可能也會大量消失。（黃靖容）

❖ 人類的貪婪，真是多麼可畏呀！只是經過一百年的時間，就足以讓一個物種消失。我們何不思考看看，還有多少的生物正處於瀕臨絕種的危機之中？多少的生命隨著時間的增長，人類的開發、捕殺而逝？

　　幾百多年前，葡萄牙人航經臺灣，一聲讚嘆：「福爾摩沙！」道盡了臺灣如此美麗的島嶼、草木的欣欣向

榮、物種的繁盛以及多采多姿的綠色天堂。但，現今成了什麼樣？民國五十年代，重工業的興起，帶動了沿海產業的發展，也代表著生態危機的導火線已悄悄點燃。六十年代，十大建設出現，促進經濟繁榮，全臺的生態保育仍不為重視，橘色的警示燈已亮起。核能廠的出現，更使得珊瑚白化，沿海生物已苦的無法生存！

　　一個物種的消失，可是與全球層層相關，這幾年科學家提過「蜜蜂的消失」導致的一連串恐怖效應。由此可知，我們更應該認真的看待對生物的尊重。（朱家霈）

❖ 這著實令人感傷，又一種生物因為人類的自私自利而走上滅絕這一條悲傷的道路。以往一群旅鴿在空中翱翔，佔滿整片天空的景觀已成絕景，那種磅礴壯盛之氣，只能於照片中感受僅存之微弱氣息。

　　人類，常自以為是世界之王，自顧自地決定其他生命的生死存亡，使其他生命時常生活於緊張與恐懼之下。人類也會因商業利益而去捕殺其他動物。更因慾望唆使，而斷了其他動物之生存道路，只能被迫接受人類自私自利而給予的悲傷命運。這對他們何嘗是一種不公平的對待。我們時常祈求大自然的反撲不要發生在自己身上，但我們是否反省自己的行為對大自然中所有動物所造成的破壞。

　　大自然是所有生命的家，所以是否嘗試和其他生命和平共處，不單單只是看見眼前的利益，不顧其後的慘

痛代價，不能只是一味的自私剝奪，而忘了保留原本擁有的權利和自由。（陳嘉萱）

❖ 地球上的生物原本是更多采多姿的，曾幾何時，因為人類的無知，造成許多物種消失了？人類捕殺動物，原先是求個溫飽，但是飽暖思淫慾，有些人為了追求利益，不惜大量撲殺，短視近利，而忽略了背後所要付出的代價。現在，人類雖口口聲聲提倡保育，但無形中還是對物種造成迫害，例如：燕窩、魚翅、真皮的皮包、配件。曾幾何時，生物被大量商品化了？不過，從現在開始行動也不遲，拒食山產、拒用真皮配件、減少汙染環境，雖然說一個人的力量看似微不足道，但若全世界皆能響應，生物滅絕的速度或許會減緩吧。（王則鈞）

❖ 在十七、十八世紀時，北美洲擁有大量的野牛，但這些野牛卻被白種人濫殺，例如這些野牛常會被火車撞死，白種人也曾經舉辦了一個殘忍的比賽——殺野牛大賽，有人曾在一天中射殺了二百五十隻，但白人並不是像印地安人一樣是因為有需求才殺這些野牛，而是為了有趣，因此造成這些野牛瀕臨絕種。

　　這兩個故事都是在訴說人們的殘忍行為，不論是為了商業利益，或是有趣，都不應濫捕濫殺，而使這些物種瀕臨絕種。人們應該要懂得保育這些動物，就算是為了利益也應適當捕殺。（何品萱）

❖ 這則故事並非第一次發生，前有美國野牛的先例，後有日本狼的重蹈覆轍，但明明都教人聞之鼻酸、痛徹心扉，每一段故事都發人深省，然而，卻無法阻止這些同性質的事件一再的發生。物種逐一減少，人類日漸增多，難道這些動物只能順從、無奈著屈服在這種被人類所操弄得天擇當中嗎？不只是天上飛的、地上爬的、水裡游的，就連與世無爭的植物也是一樣。它們從來就沒有得罪過誰，更沒有犯下什麼誅連九族、滿門抄斬的大錯，憑什麼牠們死到臨頭也無法擊鼓申冤，僅能悶哼一聲，默默承受？（李佳美）

❖ 不僅僅旅鴿受到人類迫害，而面臨生死存亡的危機，臺灣麋鹿、臺灣黑熊、櫻花鉤吻鮭，世界各地的物種，皆因人類的工業化、自我本位的因素而遭逢重大災難，有些幸運，逃過一劫，避免絕種；而有些則在世上永久消失。

　　人們為了更好的生活，妄意破壞大自然。每天砍伐七個足球場大的森林，取得更好的生活，但背後多少鳥無家可居，雨林生態又受到何種的摧殘，人們可曾為牠們想過？

　　在享受美好生活的同時，我們也應該換一個立場，去為其他物種著想，不能只抱著我們好就好，要有保育、永續發展的想法，留給後代子孫一個幸福美滿的居住環境，而不是一個殘破不堪的地球。（洪維陽）

❖ 類似這樣的情形，每天都在不同的地方發生，而且方法有些極為殘忍，例如：人類最愛吃被稱為上等食材的魚翅，魚翅是鯊魚游泳的魚鰭，多人大量濫捕，有些人甚至是把鯊魚抓上來後，馬上砍掉他的魚鰭然後丟回海裡，最後被活活淹死。

　　人類不過是這地球上的其中一種生物，並沒有權利大量殺害其他物種，一樣的事情，不斷重蹈覆轍，也許人類覺得不痛不癢，但經由食物鏈及大自然的循環，我們將自食惡果，最後人類也會走向滅亡。人類本屬於大然，和世上的生物皆為兄弟，應該和平共存才是。（賴郁佳）

❖ 然而，因為人類的捕殺而消失的物種不勝枚舉。臺灣也有一種生物，原本在全臺各地區的平原都可以看到，但現在如果不往深山走，根本不可能發現，那就是——梅花鹿。

　　在荷蘭人還未踏上臺灣這片古木蒼天、百花齊放的美麗島嶼前，梅花鹿一直和臺灣各地的原住民共存，數量也相當可觀。荷蘭人進駐後，大量的鹿皮因為商業利益被銷往日本。之後，還有大量的漢人進入臺灣開墾，導致梅花鹿的數量驟減，而且大部分的族群移入了山區。

　　不論是北美洲的旅鴿或是臺灣的梅花鹿，都因為人類的商業利益而數量大幅減少甚至滅絕。人類不當的捕獵已經造成許多物種滅亡，而最根本的辦法應該是要讓

這些人知道他們的所作所為會傷害生態，這樣才能避免物種繼續消失。（劉邦正）

❖ 相似的悲劇總因為人類的無知而不斷上演，二十世紀末的中國由於人口激增，農作為重要的生產重心，此時吃穀糧的麻雀成為農民的眼中釘，人們大肆地放毒餌、置捕籠，甚至放炮來震嚇鳥，就連警察也開槍掃射。少去了吱喳聲，卻帶來另一場夢魘，少了競爭的蝗蟲大量繁衍，造成更大的蟲害，迫使中共當局只得從泰國進口麻雀以保生態平衡。

　　人類的慾望及短視近利是個無底洞，為了填平，我們不惜雙手沾滿鮮血，奪取生物的生命，我們不惜與天為敵，破壞生物生存秩序法則，我們失去了太多珍貴之物，卻仍只有少部分人痛定思痛。究竟什麼價值才可貴呢？聰明的讀者啊！您難道不害怕下一個將失去的是人類自己嗎？（林緯翰）

寫作訓練四 引導寫作

　　二〇〇九年八月，莫拉克颱風所帶來的驚人雨量，在水土保持不良的山區造成嚴重災情，土石流毀壞了橋樑，掩埋了村莊，甚至將山上許多樹木，一路衝到了海邊，成為漂流木。

　　請想像自己是一株躺在海邊的漂流木，以「漂流木的獨白」為題，用第一人稱「我」的觀點寫一篇文章，述說你的遭遇與感想，文長不限。（99 年學測試題）

寫作說明

　　這是一篇自傳式的寫作訓練，同學除了將自己比擬成一株漂流木之外，對於人類在自然生態的破壞與大自然反撲的論述也不可或缺，值得注意的是，適度融入氛圍營造，亦能使文章更添感染力。

❖ 不知道睡了多久，當我睜開眼睛時，眼前已經不是廣大茂盛的森林，而是躺在無邊無際的蔚藍海面上，隨著海水載浮載沉的漂向深不可知的方向，在大海中飄蕩著。這時我懷念起以前在森林中的生活，在悠閒的日子裡，可以聽到鳥叫聲、蟲鳴聲、流水聲、樹葉摩擦聲，合奏出一首動人的樂章，還能享受風的吹拂、雨水的滋潤。即使狂風暴雨，大家也能齊心協力，對抗這股惡勢力，

但那天的開始,一切都隨之而變。

　　人類拿著大型的機器對著我的同伴,將他們一個個砍倒,這些割鋸聲和同伴的哭泣聲,聽在耳邊,也痛在心裡,我雖然幸運的沒有遭到人類的砍伐,但已經嚴重破壞到我原本的生存環境。不僅如此,還開始在山地上興建起建築物。那麼不堪的回憶,實在令我產生滿肚的怒氣、怨恨和痛心。

　　這時的我努力靠近岸上的溫暖沙灘,但這片土地似乎也有人類開發過的痕跡,當陽光的照射漸漸曬乾我渾身溼透的表面,我才突然想到使我現在必須待在這的那一天。那天正值臺灣夏季,颱風一經過,災情是常發生的,可是那天的狂風暴雨幾乎吹毀了我所有同伴,包括我,因為人類的破壞導致我們土地的水土保持、穩定功能喪失,也因此發生嚴重土石流。當我受到風和雨的攻勢時,早已陷入昏迷,泥土的鬆動使我連根拔起,被沖到河口外的大海,就這樣漂到仍是人為開發的海灘上。

　　對大自然的破壞,人們的濫墾濫伐,已是對生態造成極大的傷害。或許天氣的異常、大自然的反撲,才開始讓人類有了警惕。其實對生態多一分保護,便是給他們自己更好的生活環境。(黃靖容)

評語 全文適度運用了感官知覺的摹寫,營造了悲慘的氛圍,使情結的鋪展更加生動。

❖ 大聲的號哭,淒屬的尖叫,痛的如利刃劃開的脆弱肌膚

回盪在此。被墨暈成黛色的雲籠罩在這天地之間。白晝儼然已變成了這令草木害怕的暴風之夜，大雨傾盆，浩瀚之勢猶如兵戎相接，畏的令我不禁瑟瑟發抖，同伴們一個個相繼倒下，泥濘不斷被潑濺至身上。「好可怕！」「怎麼辦？」低迴婉轉地在此地迴盪，迴盪地心寒。四周的樹早已被伐，始作俑者——那個機械，也靜靜的躺在那，好像與一切無關。見到這副情景，我的心中只容的下一個字——恨。

劇變的哪天，是一個一如往常的日子。麻雀嘰嘰喳喳的唱著生命之歌，花草在我的根旁綻放丰姿，蜥蜴輕巧地挪移身子，在我粗糙的表皮上轉了幾圈活潑的舞蹈。我笑，太陽也笑，用耀眼的金光灑至樹梢，映的我一身翠綠。

接著，人類來了，機器來了。轟鳴聲在耳旁肆無忌憚的響著，徹雲霄，翻天地。巨大的刀斧高速的轉成一個圓。然後，我開始看見恐懼。一個直劈，一棵植物的怨嘆；一個橫掃，一個同伴的死去。接著，輪到我了，「唧——」這聲的尖叫，是生命的終結，我被機器攔腰斬斷。刺耳的銳鳴震的我每一個細胞無聲的顫慄，難過的悲鳴。旁邊能動的生命無不逃竄。我巨大的身軀開始緩緩傾斜，「轟！」我倒在同伴們的屍首之上。

我為何存活？我不是已經死嗎？還是我的魂已成精，怨念是接續生存的意義？我不知。泥沙混著水凶狠的撲面而來，我無處可躲，只能任由那狂亂的溪水帶著我隨下游而去。我要去看，那些可恨的人類，到底是如

何破壞大家的家園。我閉上眼，帶著強烈的憤恨等待暴風雨的平息。

　　不知過了多久，我睜開眼，望見自己身處沙灘上。更確切的的事，我與同伴的屍身躺在一堆泥濘之上。往右側一瞥，破碎的房舍剎時映入眼簾，被泥濘蓋住一半身體的橋樑碎成了兩半，而拖鞋、毛巾、臉盆等各樣東西狼狽的散在一地，要有多淒涼就有多淒涼，這裡以宛若鬼城，連大自然也不願施捨任何一絲生氣。真是，活該。你們破壞生態，那麼他必然也會捨棄你們，啊！看到這幕，心中的怨恨也減去幾分。人類呀！帶著自己的罪惡死去吧！聽見我的獨白吧！從完整的生命變成樹精，漂流木的獨白。（朱家霈）

評語 首段場景描寫非常精彩，其所營造的氛圍足以烘托主角──漂流木的悲慘命運，使全文的感染力非常強烈，凸顯了人類對於自然環境破壞的不當。

❖ 睜開雙眼，看著身旁陌生的景象，聽見的不是大樹媽媽茂密的枝葉，隨著風搖擺而發出悅耳的沙沙聲，聽見的卻是不知何種兇猛的野獸，用力的拍打地面發出嘩啦嘩啦的巨大聲響。望著那片似曾相識的天空，眼淚不由自主的從眼眶奪出。我已經脫離了大樹媽媽的懷抱，已經身處不知何方，眼淚已經不知流了多少回，又乾了多少回。為何我必須接受別人替我改變的命運，為何我現在只能憤慨人類任性的持續開發，卻不能做出任何反抗。

讓我被迫遠離我生長的家鄉的原因，想必是人類不停的過度開發。幾年前，人類開始居住在山腳下，原本只是幾棟矮小簡單的房子，過了幾個月人越聚越多。當時，大樹媽媽用他強壯的枝幹抱著我們，溫柔的對我們說：「山下那群人類，將會是我們的朋友，不要虧待人家。」那時我心裡是如此的開心，又多了好多朋友，我一定要長得高高壯壯，擁有大片的枝葉，才能替人類們擋住強烈的陽光，讓他們可以舒服的在我們的遮蔭下，快樂的遊玩、休憩。躺在媽媽的懷中，看著天空中那一輪明月，抱著滿足的笑容進入甜甜的夢想。在那之後的每一天，我都期待著我可以快快長大，但人類卻開始一步一步破壞我深愛的家園。人類開始殺害我的兄弟姊妹，他們被連根拔起，人類在他們的位置種了另外一種樹，這種樹結的果實，讓人類的嘴變得如喝了很多血液，紅通通的。那些樹的根沒有能力抓住很多腳下的泥土，所以土地變得鬆軟，當一遇到大雨，泥土就會從腳下脫落。

又過了幾個禮拜，原本的美麗家園早已變得滿目瘡痍，我時常依偎在媽媽的身邊，尋求一絲絲的安慰和減緩我不安情緒。突然有一天，風變得好大，風神爺爺用力的呼呼吹著，雨也越下越大，連續下了幾天的大雨，泥土從腳下脫落了一大半，讓我站都站不穩。又過幾小時大雨的沖刷，我隨著那些脫落的泥土，一起跌落至山腳下。在大水中翻滾著，沾滿了一身泥土，喝了好幾口髒水。我哭了又哭、哭了又哭，脫離了媽媽的保護，遠

離了我生長的家園，在泥水中翻滾著、撞擊著、漂浮著，看著身旁許多和我一樣的木頭，分別從不同的山來的，他們應和我一樣，感到如此的悲傷和不安。我閉上眼，試圖欺騙我自己，這只是一場很長很長的惡夢，張開眼又是那一片蔚藍的天空和大樹媽媽慈祥的微笑，於是我抱著深深的不安，隨著泥水的流動，任自己隨處漂流。

人類啊！停止殺害我的家人吧！停止無謂的開發吧！當你們傷害一個生命時，你們是否曾感到不安和愧疚，是否曾經想過那種失去家人的傷痛，是多麼的痛苦，心就宛如刀割。自從開發後，每一晚家族的哭聲和低鳴，你們是否聽見。請你們捫心想想吧！這些破壞後的代價是會反彈的，到時可就換我開心的笑著，笑著你們人類是多麼的愚蠢。（陳嘉萱）

評語 情節合理生動，能融入人類破壞自然的惡行，在漂流木悲情的敘述與吶喊聲中，亦蘊含著沉痛的批判。景物描寫也營造適切的氛圍，足以烘托故事情境，切合題旨。

❖我，是株漂流木。漂流木，顧名思義，我是從海上漂流過來的。你問我為何而來？我不是自願流浪到這的，那一次的颱風，把我的親戚、朋友硬生生的拆散了。

還記得從前，我只是株幾十歲的小樹，偶爾會有鳥兒、松鼠等小動物會再我的枝椏間歇息，我的哥哥會向

我展示今天什麼品種的鳥停在它的枝頭上，像是紅尾伯勞、臺灣藍鵲，每次聽到他在介紹時，我都會很興奮。除此之外，爸爸和媽媽也都還健在，真是「樹」生一大樂事。

幾十年後，我長大了，但安祥和樂的世界也起了變化。某日清晨，東邊的樹不見了，一夜之間全數消失了，翌日，換成西邊遭殃，到底是怎麼回事？難不成山裡有「老鼠」把他們請走了嗎？這一夜，我決定要來調查這離奇的事件。夜幕低垂，黑漆漆的山林伸手不見五指，風急駛於森林小徑，樹葉沙沙的聲音迴盪在山谷。當其他樹木都熟睡時，我東看看，西看看，環視三百六十度，像個士兵一樣站崗著，突然間，幾棵發光的眼睛朝著我們而來，他們說著我聽不懂的語言，沿途將所見之物大肆破壞，他們用鐵條勒住樹木的脖子，使我們想放聲大叫也無能為力，接著，他們便開始將我們的同胞「分屍」，那些殘忍的怪物，難道他們是沒心沒肺，沒血沒淚的嗎？為甚麼要這麼痛苦地折磨我們？這一夜，怪物撕裂樹木的聲音蓋過了風聲，山，悲鳴著。當太陽昇起，那些怪物便消失無蹤，完全不留痕跡。面對這場災難，我嚇呆了，雙腳發軟，久久無法復原，家人也都在這場災難中受了傷，但我知道，這只是悲劇的開始。

過了幾天，那些怪物又開始行動了，他們把泥土挖走，築起高牆，山坡變成農地，黑色線條包圍了全身，整座山慢慢被啃食。二〇〇九年八月，一場颱風變成了壓垮大樹的最後一根稻草，山垮了，我還無預警地摔入

溪谷，卡在岩石間，被迫跟著土石流往下游直衝，土石流就像雪崩，橫衝直撞，誰都擋不住（跟那些怪物一樣）。在下滑的過程中，許多人類的房子也被帶走，一塊寫著「金帥飯店」的牌子象徵著他們的錯誤。雖然這次的災難中人類也受害了，但之中一定有無辜的人，為什麼是這些人遭殃？甚至是我們這些樹木？

海，我小時候聽說過的地方。如今，我來了，但是是漂流過來的，整天只能仰望天空。我只想問：什麼時候才能還我一個家？（王則鈞）

評語 全文敘述精湛，故事情節安排合理，顯現你豐富的想像力，但景物描寫仍然不足，氛圍營造的功能無法凸顯。

❖ 不知我昏迷了多久，但我已在這片汪洋大海上浮浮沉沉，我找不到我的家人，這蔚藍的大海上，只剩我一個孤苦無依的漂浮著。

回想到過去，原本我和家人幸福的生活在充滿快樂又安逸氛圍的森林中。唧、唧、唧，我的朋友白頭翁在呼喚我了，刷、刷、刷，我的爸爸、媽媽在叫我回家了。但有一天這一片森林出現了轟隆、轟隆的聲音，這並不是森林的聲音啊！慢慢的同伴的哀嚎聲隨之而來。人類要來殘害我們了，這令人害怕的聲音不斷在森林中迴盪著，頓時空氣中瀰漫著恐懼又無奈的氣味。

因為人類的傷害，讓我們的支撐力一點一滴消失，

終於有一天莫拉克颱風侵襲了臺灣地區，驚人的雨量讓我們的樹根沒有抓緊土地，並且發身了嚴重的土石流，我和同伴們就這樣伴隨著土石一起沖下來，等我醒來，我就已在這大海上了。我不懂，為甚麼人類要這樣對待我們，我們為他們製造氧氣，讓他們可以存活下去，但是到底為甚麼人類連讓我們活下去的機會都不肯給呢？難道只是為了利益嗎？那麼他們真的是太殘忍，太自私了。

　　慢慢地，我，漂浮到岸邊，被環保志工們救起，我看見他們為我留下眼淚，並且幫我們撻伐那些砍伐樹林、殘害我們的不道德人士。環保志工把我放到一堆漂流木中，雖然這不像森林中那麼美好，但我不再是自己一個，我有新的歸宿了。我希望經過這次莫拉克颱風對人類的傷害可以讓那些自私自利的人覺悟，不再砍伐樹林了。（何品萱）

評語 情節鋪敍尚稱合理，但有些轉折處不夠流暢，如莫拉克颱風來襲。再多一點伏筆；被環保人士救起，應說明救起之後的處境等等。

❖ 癱躺在灰白色的沙灘上，這裡不再是情人幽會的地點，浪漫的氣氛早就被上千毫米的雨水洗刷殆盡，一片蒼茫的海盡收眼底，仰望天空的憂鬱，它和沙灘是一組的，這一天的來臨，我並不訝異；只是我不敢相信我的眼睛，這裡不是我的故鄉，也不是周遭城市的海濱。好心

的海鷗先生告訴我，這裡是臺北，距離屏東三百九十四公里，而我就是在一夕之間貫穿了整個臺灣。生長在屏東縣佳冬鄉的我，居然會有到臺北的一天。

　　我本來是一棵茄苳樹，生長在佳冬鄉的山區，但每天都孤獨的站立在檳榔樹之間。我的同類們日漸減少，被砍的砍、被燒的燒，我看著同伴們的消失，檳榔樹一棵棵的種在我的四周，心裡又是忿怒又是無奈。日子久了，我也有了覺悟，誰叫人們靠檳榔賺了一袋又一袋的臭銅仔呢？而我不過是棵無用不值錢且佔空間的茄苳樹而已，被砍被燒是應該的，是早晚的事。

　　這天晚上莫拉克颱風來襲，臺灣多少的風風雨雨，我早就見識過了！不過只是一個颱風，用樹根抓牢了土地，接受颱風雨水的滋潤，不但使我不會枯爛，更會幫我的樹葉增加一分油綠青翠。這次的雨勢很強，但不是我見過最強的，只要和其它茄苳樹一同施點力氣，就能把這片山林和土地守住了。啊！我真是自欺欺人，隨著泥沙土石的滑動，我只能對自己訕笑，我的同類寥寥可數，檳榔樹的根太短太細，發揮不了強勁的抓地力，這一片我待了三、四十年之久的山林，只因為這麼一個颱風就毀於一旦。也罷！我閉上雙眼，放鬆自己的根，放棄了守護這座曾經美麗的山。給人類一點報應也好，讓他們驚醒吧！這當然算不上能解我的心頭之恨，他們虧欠我的，還不只這樣，只是誰又會在乎我這棵沒用的茄苳樹，而我也無能替同類報仇呢？

　　現在的我，已是一根平凡無奇的漂流木，失去了一

切，也失去了生活的意義，然而，我的生命沒有盡頭，只剩下一雙極其無聊的雙眼，偶爾看看灰得嚇人的天空，望一望不藍不黑的大海，瞧著灰色、黑色、白色和土黃色混合著的沙灘，還有了無生機的其他漂流木。我好奇它們從何而來，一問之下才知道，我們幾乎是從南部上來的，有的來自高雄甲仙、高雄那瑪夏、高雄六龜，有的從臺東卑南、臺東太麻里來，還有一些是和我同鄉的，除了自屏東佳冬外，還有屏東林邊而來的漂流木。

　　海浪拍打著沙灘，沙灘上躺著一排排從南部漂上北部的漂流木，天空依然憂鬱，沙灘還是沒有浪漫，大海仍舊是不藍不黑的蒼茫。我以為人們受到了教訓，領悟到了自然界對他們懲罰的背後意涵，但是，我想我徹底錯了！因為，這裡的漂流木還在持續增加。（李佳美）

評語 情節鋪敘有圖有底，圖，是漂流木流浪的一生；底，是用心描寫景物的氛圍。全文的感染力遂在「圖底」烘襯之下凸題出來。

❖陽光照射在海水上、湛藍的天空、以及千變萬化的雲，加上不時吹來的微風，一切如同以往，早晨總是令人精神百倍、充滿希望，殊不知，在這幅美麗又平靜的圖畫背後，才遭遇過惡魔的毒爪！

　　本來的我，與一群深愛著我的家人以及鄰居跟棲息在山中的動物快快樂樂的生活，但隨著人類科技的進

步、欲望的增加，幸福美滿的生活因此變了調！

　　人類為了住，侵佔更多大自然的土地，害得山林越來越少；為了食、衣，隨意捕殺動物，害得動物獸心惶惶，提心吊膽度日子；為了錢、傢俱……，砍伐樹木，我的鄰居、家人，一個接著一個不見。日復一日的破壞，終造成無可復原的結果，就算人類開始提倡保育，但山林面積減少，變成住宅及經濟作物、物種的消失、水土保持功能的退化，都再三證明那幸福美滿的生活，我們回不去了。

　　烏雲罩頂、雷聲巨響、大雨磅礡，使得原本就鬆軟的土更抓不住了，突然，一顆巨石不偏不倚撞上了我，沒想到我的腳這麼鬆了一下，就跟著土石流一起衝了下去。過程中，我驚慌失措，不知下一步會怎樣，也親眼目睹，土石流對大地的破壞，人類的無助，許多條人命就此喪生，原本的森林如今被黃土掩埋，而我則隨著土石流，來到了海上，開始了無止境的漂流。

　　如今，颱風已過，恢復了平常的天氣，但多少事已今非昔比。山林的破壞、人命的喪失……都是喚不回的。要是當初，人類及早知道保育的重要，不濫伐、濫墾、濫捕、濫殺，與大自然和平共處，或許今天颱風帶來的災害，不會如此嚴重，但這些都已是事後諸葛，多說無益，重要的是未來，希望人類謹記教訓，復育山林，注重保育，還給我後代子孫幸福又美滿的生活，一同去欣賞、體會大自然的神聖與奧妙。（洪維陽）

情境模擬和角色定位均能契合「漂流木」的特質來發揮，對於人類破壞大自然的惡行，亦提出適度的批判。整體而言，此文是符合本篇寫作要求的文章。

❖我是一根漂流木。

　　這裡是哪裡？我以漂流了好幾天，四周完全沒有我所熟悉的事物。回想幾天前，一切都發生的太快，那時看著人們做防颱準備，心裡十分擔心。近幾年來，和我一起長大的兄弟，因為人們想改種果樹、茶樹而漸漸消失，到現在已所剩無幾。但新來的物種，大多為淺根作物，抓地力不好，當豪雨來襲，只會被大雨帶走，有些則是被大量砍伐製成其他商品，再加上很多土地都被大量開發，山地變得光禿禿，幾乎沒有東西可以保護土壤。

　　果然暴雨來襲，看著豪雨毫不留情的把一切帶走，我一陣鼻酸，雖然我用盡一切力量堅守家園，但只憑一己之力實在不可能。「啪！」一聲巨響，我的枝幹被折斷和土石流一起沖刷而下。我，成為了一根漂流木，和雨水一起隨波逐流。

　　沿途景象慘不忍睹，災情十分慘重，許多人早已奄奄一息，四處皆是斷垣殘壁，數不清的人們被迫失去家園，傷患眾多，更不用說是農作物的損失了，人民苦不堪言。而我呢？生命正一點一滴的流逝，泡在水裡的部

分，也早已腐爛了，很快我就會成為枯木，成為大地的養分。

　　我只求一個能讓我安靜立足的地方，只因為我是一棵樹，無法與人類溝通，人們就恣意妄為，砍光我的兄弟，剝奪我的家園？我也是生命，為甚麼你們可以這麼放肆？大地本來應該生氣勃勃，而人們一再破壞，現已失去平衡了。你們沒有任何一個人能挽救，那為什麼當初還要破壞呢？種植果樹，開發山地，也許短期內你們可以獲得大量財富，但若把時間軸拉長來看呢？土地只會越來越貧瘠，土壤完全失去保護，而使你們損失越來越大。

　　希望你們能好好守護這個大自然，不要再出現漂流木了。（賴郁佳）

評語　情節鋪續精采，但須注意標點符號和部分措詞的精確度。整篇故事，人事活動寫得很完整，但缺乏景物描寫，故情境氛圍略顯薄弱，無法凸顯漂流木的悲情。

❖我，靜靜的躺在海邊，看著一大群一起成長的夥伴們也躺在我身旁，不禁有些感傷。

　　在十年前的今天，我還是一顆快樂的小種子，掉在土壤中，期待發芽的那一天。而在我身旁也無數跟我一樣的小種子，都期待能像父母一樣，給予山坡地無限的保護，我們的父母還有所有的祖先們就是這樣一直保護

這綠油油的大地，也因此長成了這片古木參天、充滿無限生機的森林，孕育了上萬的物種，也提供人類休閒、遊憩的地點。

　　然而就在兩年前，人類因為平地已經利用完全，就開始將黃色外殼、鋼鐵包覆的機械手臂開入森林，砍掉了我一大堆的同伴，在他們的靈魂上蓋滿了房舍、農舍，也種了許多沒有木本莖的高山蔬果。這些蔬果跟我們不一樣，根不深也不廣，雨一下下來很快就把水都流掉了，也因此把我們常年下辛辛苦苦培育出來的土壤讓雨水沖走了。

　　就這樣，土壤一天天的被雨水帶走，而我的根也一天天的漏出土表，而我的心也一天比一天緊張。就在前兩天，突然來了一場好大的風雨，風聲颯颯，吹的我們直打顫。雨水嘩啦嘩啦拼命的下，把保護我們樹根的土壤一片一片的帶走，不到一盞茶的功夫，我三分之一的腳就已經露出來了。又過了一會兒，我突然感覺到一陣暈眩，之後發生了什麼事，我完全不知道。

　　我再次醒來，到了一個我完全沒看過的地方，這裡沒有綠油油的樹林，只有一整片的沙地和一大灘的水。身旁躺著我的同伴們，而這時我才了解，人類是如此的忘恩負義，而人類也造就了我現在的模樣。（劉邦正）

評語 全文角色扮演一致，尚能應合題旨。但以敘事為主軸，缺乏景物的烘托陪襯，情境氛圍稍弱，遂無法充分發揮故事的感染力。

❖「知本溪水天上來，奔流到海不復返……。」

　　我喃喃唱著小調，順著暴漲的水勢順流而下，一片渺茫慘澹的未來，無法顯現在我的眼前，渾濁的溪水挾帶大量泥沙，我無力反抗無常的命運，我甚至無怨無悔，無吭一聲，因為我對前方的未知已經無知。

　　是啊，曾經是一株高聳入雲的檜木，那時是多麼的祥和寧靜，似乎忘了日子的流逝，我的腳穩穩地踩在軟軟的泥土裡，竭力地深根，只為獲取更豐厚的礦物質和水。在我童年的記憶裡我似乎只知道要長大，變成一棵十人環抱的大樹，可以超越大家更進一步看見橘紅色的太陽，這一直是我想要的，看見那顆又大又圓的橘子球，跟它好好道謝，說它是我的精神糧食，告訴他「臣無太陽，無以至今日」。成長的日子總是過的特別慢，我天天想著如何吸取比別人更多的養分和有機質，我甚至幻想要用月光來行光合作用，但一到晚上卻體力不支。青年時期我認為我很了不起了，已經比許多同儕高出許多，不過是羨慕鄰居黃菀的花兒怎麼開的那麼漂亮，那麼動人，我也想開出屬於我的「花樣」年華，但試了幾個月，一下就到冬天了，我還是沒有成功，這是我青年時期的遺憾。後來逐漸知道事實上我是屬於裸子植物，無法開花結果，知悉真相後還真覺得人生有些無趣哩！

　　「逝者如斯夫，不舍晝夜」，底下冰冷的溪水推送著我，宛如渡過的四百五十年光陰，兩側夾岸的樹木彷若觀禮者，但他們抱著一副惆悵的樣子，似乎在等待著

他們的死期，他們用盡全力抓住破碎不堪的土壤，抓住最後一線希望，而不是放棄跟著滔滔溪水向下沉淪。我這老骨頭已經是無憾了，只願能再回到故鄉安養天年，誰知呢？但恐怕那群都市來的商人總覬覦我的骨骼，把我引以為傲的脊樑做成木製傢俱，或是女人的梳妝台，看來我死也將無全屍了吧？我總是對那些商人感到害怕和不安，昔日他們從都市來到我生長的家園，用冰冷的鐵尺計算我的身高，甚至還把我的表哥「切腹」，只為了看他多少歲數了。

　　人類摧毀我生長的土地，他們像蚊子一般貪婪的吸取我們僅有的一切，許多大個兒被伐下，聽著他們重重摔向地面的聲音，不禁心生悲愴，哀嘆人們栽下我們高壯的身軀，作為使人類日新月異的踏板，接著身邊多了許多大理石砌的豪宅，我還曾看見搬家工人把大伯父做成的木製床架抬進那扇木門，我替身為檜木的同伴哀悼，也期盼商人對我的健檢結果感到不滿意，然後放過我一馬。

　　我的眼前是多少茫然，我只能順著這洪流被推送到一個陌生的地方，或許是一片汪洋，或許是一間檜木加工廠，我只知道我再也回不去我生長的地方。

　　「知本溪水天上來」，那場驚天動地的豪雨，扭轉了我安逸的人生，我卻只能呆望著一片灰藍的天空，偶而自得其樂呢喃幾首歌，也不能改變什麼，對於我的未來亦不能過於奢望，不過是「奔流到海不復返」。（黃麟茜）

評語　文筆細膩，再加上擅於化用古典詩句，使述說的故事頗具感染力，文章已具備一定的質感。

❖ 蟲鳥相鳴逐漸消失在記憶中，取而代之的是浪花拍打沿岸的破碎聲。我只剩這斷肢殘臂苟全性命，哪怕我曾頂天立地，只因人類的自私貪婪，造就了我載浮載沉的命運。

　　我曾長在一個山坡上，下有一個寧靜的小村莊。春天，盛開的杜鵑繽紛了山野，遍地的芬芳總引人前來欣賞，他們總誇我長得巧，能在下頭野餐乘涼，就連機靈的白頭翁也來築巢，他們總愛在枝頭上高歌，感謝我給他們一個溫暖的家。夏日煦煦的陽光照來，我總熱情的張開雙臂迎接，徐徐的微風拂來，吹散我一頭青綠的秀髮，婆娑的樹影是我用曼妙的舞姿答謝盛夏的禮讚。

　　消失的唧唧蟬聲，拉近了秋天的腳步。隨著露水愈深愈重，我濃綠的頭髮轉紅轉黃，漸漸凋枯，最終一根又一根被秋風襲走。但是，秋天卻給了我另一件禮物，使我不孤獨，滿樹的果子讓村子裡的孩童成天圍繞著我，「小心哪！別摔著了！」我總對前來爬樹摘果的孩子這樣喊著，深怕有個萬一。

　　冬天，是夢魘的開始。一輛又一輛卡車、挖土伐木的工具車開進山中，邊排放教人窒息的廢氣直達山頂。他們是吃人的魔鬼，將樹木們連根拔起、砍倒，接著又將空地夷為農田。這樣的殺戮持續了整個冬季，使我們

曾經以性命相守的山頭坑坑巴巴、體無完膚。

　　春天不再美麗，就連天空也為我們啜泣，連下了好幾場綿綿細雨。奇怪的是，過去我腳下的土總能留住雨水供我滋長，但如今他們卻隨著雨水離我而去，我使力攫住他們，但卻無法伸長手臂支持住身邊幼小的同伴使他們免於翻倒的不幸。

　　熬過了梅雨，聽見農人們採收高山青菜因豐收而放出的笑聲，多滿足、多燦爛啊！他們看見了鮮蔬的翠美，聽見了彼此的歡愉聲，但他們是否看見了大地的創傷，又或者聽見了在耳畔響起了悲傷的號角呢？

　　八月，一段叫人哀痛欲絕的過去。一個颱風帶來了山區無法承受的雨量，溪水頓時暴漲溢了出來，由上游宣洩而下，沖毀了農地，一路勢不可擋地狂奔下游，而雨水依舊，聽不見它所到之處的哀鴻遍野，面對如此驚人的能量，我無力抵抗，只能任由洪水將我沖走，被滾滾濁流吞噬，我看見了昔日杜鵑開滿的山坡被沖毀成一片爛泥，曾被蓊鬱樹林環抱的山丘削去了一大半，小村莊更是消失的無影無蹤。終於，我被其中的土石腰斬成了塊塊碎木流向海中，各奔西東。

　　在刺骨的海流中，我不再看見四季遞嬗。但願這潮水能將我打到某個渡口，我要告訴岸上的人們環境保育的重要，避免這種悲劇再次上演。夕陽的餘輝又將西沉了，希望我還來得及燒出生命最後一絲光輝。（林緯翰）

 情節鋪敘細膩而完整，景物的描寫亦營造了適切的
氛圍。為行文過長，在正式考試時間，必須考慮時
間的掌握以斟酌文章的長短。另外，文章末段的語
氣稍嫌溫和，溫厚的口氣並無不可，但批判人類破
壞自然的情理仍不可或缺。

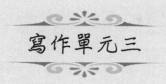

寫作單元三

當蘇東坡遇見愛因斯坦

——自然科學的閱讀與寫作

 寫作訓練一　文章閱讀與分析

請閱讀下列文章，並根據文章內容回答問題：

　　SARS 沒有固定症狀，不但因人而異，甚至有少數病人不會產生發燒或咳嗽現象。

　　感染 SARS 病毒一星期後，病毒開始大量繁殖；十天後，病毒量達到最高點，然後開始下降。此時病人的狀況也開始惡化。感染後的第三個星期是關鍵時刻，有些人病情好轉；有些人肺部開始遭受感染，與發炎有關的白血球及攻擊性發炎反應物質，陸續進入肺部抵抗病毒，造成劇烈發炎反應，使肺部深處負責把氧氣送到血管的扁平肺泡細胞大量死亡。與肺泡相連的微血管因發炎而必須鬆開血管壁，以便白血球從血管進入肺部，造成血液中的水或紅血球滲進肺部，導致肺部積水，並開始累積死亡細胞的碎片，也就是胸腔 X 光所看到的「浸潤現象」。出現這個現象後，病人就非常危險，大概有五分之一的機率會繼續惡化。由於肺部大量積水，氧氣無法經正常呼吸送至肺泡相連的微血管，造成血液缺氧。這時就需要插管治療，用人工方法加壓，促使氧氣進入血液內。

　　然而，這時肺泡細胞已受到很大的傷害，積水又使氧氣不易進入微血管。大部分的感染者都為時已晚，無法挽救。即使後來救活了，肺部因受到嚴重傷害，在修復時產生大量像鋼索一樣的膠原纖維，使肺部硬化。病

人復原後，肺部已受永久的傷害而功能大打折扣。

　　SARS 所引起的致命肺炎並不是病毒繁殖直接造成的傷害，而是免疫系統為了對抗病毒，對自己造成的傷害。這是治療 SARS 的重要方向，如何恰到好處地控制免疫系統的反應，又能對付病毒，是治療的重點。（改寫自徐明達《病毒的故事》）

寫作說明

　　這是一篇關於非典型肺炎（SARS）染病時的症狀描寫，傳染擴大時約在二〇〇三～二〇〇四年，當時曾引起世界對於藉呼吸道傳染之病毒的恐慌。時過境遷，雖然我們對於 SARS 已能有效控制，但這篇研究仍有極高的科學價值。近年科普閱讀非常流行，同學不可忽視這些內容的研讀。當然，研讀的策略還是先掌握主旨，然後找出關鍵字句，再提出自己的感想，這樣的閱讀心得才能深刻而聚焦。

一、這篇短文主要在闡述什麼內容？

❖ SARS 其實是免疫系統為了對抗病毒，而造成自己的傷害，重要的是如何控制免疫系統又能對抗病毒。（黃靖容）

❖ 敘述 SARS 引起的症狀，以及為對抗病毒的免疫系統而導致的自身傷害。（朱家霈）

寫作單元三

❖ 人體感染 SARS 時，免疫系統對抗病毒的情形，以及對身體、肺部所造成的影響與診療方向。（林緯翰）

❖ 敘述 SARS 病毒感染後出現的症狀與治療方針。（王則鈞）

❖ SARS 感染後症狀及惡化後會產生的症狀，及之後該如何治療。（賴郁佳）

❖ 這篇文章主要在說明，控制 SARS 的方法是恰到好處的控制免疫系統的反應。（劉邦正）

二、從文中訊息可知，感染 SARS 會有什麼主要症狀？

❖ 1.多數人產生發燒或咳嗽的現象
2.感染後三星期，有些人肺部遭受感染造成劇烈發炎
3.肺部積水有「浸潤現象」
4.恢復時會產生膠原纖維，使肺硬化。（黃靖容）

❖ 發燒、咳嗽，接下來會發生肺部進水的「浸潤現象」。治療過後，會因為人工的方式，而肺部纖維化、硬化，也有可能無法治療而死。（朱家霈）

❖ 1.三星期為關鍵期，有人會好轉，有人則因肺部感染而發炎。

2.血水、死亡細胞在肺部積水，形成「浸潤現象」。

3.由於肺部會產生膠原纖維來修復而使肺部硬化。（林緯翰）

❖ 1.肺部開始發炎，造成肺泡細胞大量死亡。

2.血水滲入肺部，造成肺部積水。

3.氧氣無法正常輸送，造成缺氧，最後肺部硬化。（王則鈞）

❖ 肺部在三星期後遭受感染，之後發炎。

肺泡細胞死亡，造成肺部積水，為所謂的「浸潤現象」。

肺部因受嚴重傷害，修復產生膠原纖維，導致肺部硬化。（賴郁佳）

❖ SARS 的症狀因人而異，但是大部分的人都是發燒、咳嗽。還有，SARS 病毒如果入侵肺部，就會導致為血管發炎而擴張。最後引起肺部的積水，這時候就已很難挽救。（劉邦正）

三、二十一世紀人類與病毒的抗戰愈演愈烈，我們要如何因應？

❖ 繼續讓生物科技的技術進步，做一些基本防護措施。（朱家霈）

❖ 隨著科技進步,病毒也不斷進化,有時甚至是因為人為疏失才造成更新的病毒出現。對抗病毒時,就要抓住源頭,再透過國際合作,研發疫苗。個人也有義務遵守規定,配合政府,避免病毒擴大範圍。(王則鈞)

❖ 加強各項衛生檢查,確保家畜健康,防止病毒擴散。(賴郁佳)

❖ 只要有生命體存在,病毒就不可能消失,所以如果發生了流行,應避免與其他人接觸,少進入公共場所。只要自己不被感染,別人就不會被傳染,這樣就能有所控制。(劉邦正)

寫作訓練二　文章縮寫

請閱讀下列文章，並縮寫成 200 字以內的短文。

　　颱風的形成與空氣會流動的特性有關。所謂風的形成，就是貼近地面的下層空氣在流動。下層的空氣如果受熱，就會往上升。地球面上各地區的冷熱不同，所以各地區空氣的冷熱也不一樣。熱的空氣體積膨脹，變得稀薄，密度減小，通常說它變「輕」了，因而往上升。反之，冷的空氣體積收縮，變得稠密，密度增大，通常說它變「重」了，因而就下沉，到達地面後再向空氣稀薄的地方衝過去。

　　各地空氣的「重」或「輕」通常都用氣壓的高低來表示。氣壓就是單位面積的地面所承受空氣的總重量，知道各地氣壓的高低，就可以知道貼近地面的空氣流向。如果某一處的氣壓特別低，空氣就會從周圍氣壓比較高地方湧過來，在這氣壓低的地方行成一個漩渦。颱風就是在地球表面所形成的空氣漩渦，而且是「巨大的」漩渦。一個典型的颱風直徑可達八〇〇公里，厚度（也就是高度）卻只有大約十五～二十公里左右。

　　颱風通常孕育在赤道附近的熱帶海面上。此處通常比較熱，空氣受熱就會上升，氣壓變低，周圍的空氣就會趕來補充這個低壓區域。由於低緯度海洋上的空氣溫度高、濕度大，又正好是南北半球信風相遇而發生激盪之處，這個激盪地區將引起大量空氣上升，上升的氣流

就在地球自轉所產升的偏轉力之下形成颱風。

颱風形成後，就會向緯度較高的地區運動，所到之處會產生嚴重的破壞。但是颱風也不會永遠存在下去，如果颱風得不到足夠的水氣與能量，再加上所經過陸地的地形阻擋，它就會消失，通常在到達緯度更高的地方就煙消雲散了。

颱風雖然凶猛，其中心卻是一片風平浪靜的晴空區，這就是颱風眼。颱風眼在颱風中心大約直徑十公里的圓面積內，因為外圍的空氣旋轉得太厲害，外面的空氣不易進到核心裡面，那區域好像一根孤立的大管子。所以，颱風眼區的空氣幾乎是不旋轉的，也就是沒有風。

由於颱風中心外圍的空氣是環繞著中心以反時針方向旋轉，另一方面還挾帶著大量的水蒸氣上升，形成大片灰黑色密布的雲層，下著傾盆般的暴雨。而在颱風眼區，空氣是向下沉的，因而雲消雨散，會出現暫時的晴天，甚至在夜間還可以看到閃爍的星星。一般而言，以颱風行進的速度，最多六小時颱風眼就過去了，接著天氣又會變得很惡劣，仍然是狂風暴雨的景況。

寫作說明

颱風是身為臺灣地區的居民所應深刻認識的重要議題。所以科普閱讀常有颱風相關研究的文獻，而此篇就是有關颱風形成因素的文獻，如果同學能夠掌握颱風形成的幾個重要

因素，則縮寫就不困難。

❖ 颱風形成與空氣流動有關，而風的形成是貼近地面的下層空氣在流動，下層空氣受熱則會往上升，所以下層空氣較冷，代表冷空氣相對較重，熱空氣較輕，氣壓的高低是指空氣的重或輕，在氣壓低的地方會形成漩渦，而颱風正是空氣旋渦，巨大的漩渦。颱風在赤道附近的熱帶海面上誕生，當空氣溫度高、濕度大，南北信風相遇處引起大量空氣上升，在地球自轉偏轉力下可以形成颱風。如果颱風沒有足夠水氣和能量，便會消失。其實颱風中心是一片平靜的晴空區，也就是颱風眼並沒有風，但颱風外圍當然仍是狂風暴雨。（黃靖容）

❖ 颱風的形成和空氣流通的特性有關。熱的空氣體積膨脹，密度變小，變輕，而上升；反之，冷的空氣變重，而下沉。氣壓是單位面積的地面成受空氣的總重量。依氣壓的高、低不同，也就是空氣輕重不同，形成巨大的空氣漩渦，俗稱颱風。颱風通常形成在赤道附近的海面上，之後，就像高緯度地區移動，途中所經之處會產生嚴重的破壞。不過隨著地形的阻擋，就會消失，颱風中心的外圍雨勢兇猛，烏雲密佈，但中間有一片風平浪靜的晴空區，俗稱「颱風眼」。因為外圍的空氣轉的太屬害，使得空氣無法進入內部流動，所以颱風眼區才沒有風。（朱家霈）

❖ 颱風形成和空氣流動有關。當空氣受熱上升成為特低氣壓而旋入周圍空氣形成一個巨大氣旋——颱風，此又屬熱帶海面最盛，加上此處信風激盪與地球自轉更有利於其成因。颱風會向高緯度移動，但若缺乏水氣能量供應，或遇地勢阻擋，便就消失。颱風中心的颱風眼為晴空區，外圍逆時旋繞烏雲所帶的暴雨阻止空氣進入核心，出現短暫晴天，但在其過後，卻又是狂風暴雨的狀況。（林緯翰）

❖ 颱風的形成與空氣流動有關，首先，因為地球各地區冷熱不同，熱空氣上升變輕，冷空氣下沉變重，各自往空氣稀薄處補充，形成了風。而地面承受空氣的總重稱為氣壓，空氣會從氣壓高處往低處流動，形成漩渦，颱風就是漩渦的放大版，直徑可達八百公里，厚度可達二十公里。颱風通常在赤道海域生成，溫度高、濕度大，加上信風與地球自轉形成，水氣與能量不足時就會消失。颱風眼則是颱風中心的無風帶，外圍空氣劇烈旋轉而不易進入，以行進速度來看，最多有六小時的晴天，之後就會回到狂風暴雨的情況。（王則鈞）

❖ 颱風的形成與空氣流動有關，而風，是下層空氣再轉動，熱空氣體積易膨脹上升，空氣變輕，冷空氣則相反，而空氣的重或輕則是氣壓，氣壓高低決定空氣流向，颱風本身為一巨大氣壓，因此形成漩渦。颱風一在低緯度海洋形成，因溫度高、濕度大，加上信風相遇及

科氏力作用下形成，之後因得不到足夠水氣及能量加上
地形阻擋，往高緯度移動時便漸漸消失。颱風中心為颱
風眼，外圍空氣主要挾帶大量水蒸氣上升，旋轉得很厲
害，不易進入核心，因此颱風眼幾乎是無風無雨，甚至
出現短暫晴天，但颱風眼一過，又將是暴雨來襲。（賴
郁佳）

❖颱風的形成與空氣會流動的特性有關，高氣壓會流向低
　氣壓。如果某依處的氣壓特別低，空氣就會從周圍氣壓
　較高的地方湧過來，在地表上形成一個巨大的漩渦。這
　個巨大的漩渦通常孕育在赤道附近的熱帶海面上，而且
　形成之後會往高緯度移動，所到之處是一大片的破壞。
　但如果颱風沒辦法得到足夠的水氣量或受地形阻擋，就
　會消失。即使颱風是如此強大，它的中心，也就是颱風
　眼，是個風平浪靜的地區，在這裡，我們能感受到短暫
　的寧靜。但一旦離開這地區，又是一大片的狂風暴雨。
　（劉邦正）

寫作單元三

 寫作訓練三 文章重組與擴寫

　　下列是有關地球科學的知識，請閱讀之後重新組合這些知識描述，訂定一個題目，並擴寫成主題明確、結構完整的文章。

一、隨著地球表面的溫度下降到一定的限度時，在原始海洋裏形成了複雜的有機體，最後發展到具有新陳代謝作用的蛋白體，而蛋白體就是生命存在的基本形式。

二、在距今約五億七千萬年前的元古代，地質結構的變遷使陸地出現大量的湖泊。湖泊的自然環境使得細菌等原始微生物開始日漸繁盛。

三、有一種甲烷球菌生活在太平洋底兩千六百多公尺水深的一座火山口邊緣，其生活不受陽光影響，它不以有機碳作為食物源，靠的是火山口排出的二氧化碳、氮和氫為生，並釋放甲烷。科學家認為這是原始生物的最早形式。

四、彗星是太陽系中少數含有水的物體之一。三十六億年前，從天外墜落到地球的隕石中包納了構成地球生命的全部基本要素。科學家發現，全球性的流感疾病似乎與彗星回歸有關，因為流感病毒可能來自彗星。

（資料來自鄭天喆主編《深入淺出談地球科學》）

寫作說明

　　這一寫作訓練包含了自訂標題——此為立意能力訓練；重新對四個段落排列組合——此為掌握材料、詮釋材料的能力訓練；重組之後需要加寫一段文字以成就完整文章——此為謀篇能力的訓練。同學掌握這幾個寫作訓練的面向，應該可以寫出不錯的作品。

❖ 地球的生命起源

　　地球剛誕生之初，有一種甲烷球菌生活在太平洋底兩千六百多公尺水深的一座火山口邊緣，甲烷球菌不受陽光影響也不以有機碳作為食物來源，而是依靠火山口排出的二氧化碳、氮和氫為主，並且會釋放甲烷，科學家認為這是原始生命的最早形式，當時地球尚未冷卻，還有許多火山。

　　隨著時間的推演，地球表面溫度逐漸下降，當到一定的限度時，在原始海洋裡形成了複雜的有機體，這些有機體最後發展成具有新陳代謝作用的蛋白質，而蛋白體就是生命存在的基本形式，也是生命存在時的需求。

　　約距今五億七千萬年前的元古代，在這遙遠的年代，地球結構的變遷導致陸地出現大量的湖泊，其實湖泊是讓原始微生物開始日漸繁盛的自然景觀，而使生物更多樣化。

　　地球上的水極可能來自彗星，因為彗星是太陽系中少數含有水的物體之一，而流行性感冒病毒也可能來自

彗星，科學家似乎發現全球性的流感疾病與彗星回歸有關，至於三十六億年前，從天墜落到地球的隕石可能是構成地球生命的全部基本要素，也就是說地球的一部份的起源來自於外太空。

雖然我們只能以學術上的研究，推測生命的起源，即使不精確，但也能了解地球大致剛形成的模樣以及往後生命如何誕生，多種的可能性都能促使生命在地球形成、發育和成長。（黃靖容）

❖ 微小生命體的出現

慧星是太陽系中少數含有水的物體之一。三十六億年前，從天外墜到地球的隕石，帶來了地球基本的生命要素，從此之後，讓地球展開了一個新世界，拋開了無生物的舊紀元。

在距今約五億七千萬年前，地質結構的變遷，使地球凝聚了一個個大湖泊，因為湖泊的自然環境，成為了細菌等原始微生物的溫床，大量的繁衍下來，然而，生命、細菌是從何而來？

在地球的仍是一團火球的時候，隨著地上的火山噴出的岩漿、氣體、水氣，逐漸使地表冷卻，形成了一大片原始海洋，在溫度下降到一定程度時，海裡形成了複雜的有機物體，最後發展出有新陳代謝的蛋白體，這個蛋白體，夠成了生命的基本形式。

舉個例子，有一種甲烷球菌生活在太平洋兩千六百多公尺水深的一坐火山口邊緣，其生活不受陽光的影

響，它靠的是火山口的碳、氫、氧維生，並釋放甲烷。這也是科學家目前認為的最佳形式。

除了前面的敘述外，科學家發現，介於無生物和生物現象的流行病毒似乎與流星的回歸有關，此疾病可能是源於彗星。

就在這裡粗略地介紹了生命的起源，希望大家能藉此獲得一點相關的知識，若想要更深一步了解，可以再去看一些科學雜誌吧！（朱家霈）

❖ 地球上生命的起源

蛋白質是生命存在的基本形式。若要追溯蛋白質的形成，我們得回到地球的初貌：熔融的火球，在經過長期放出能量後逐步降溫，而形成了原始海洋。原始的海洋中有著複雜的有機體，進而發展成能行新陳代謝作用的蛋白質體。

五億七千萬年前的元古代，地質結構的改變除了生成湖泊外，更開啟了無限的生機，細菌和原始生物因而得以大量繁衍。

目前，有一種細菌生長在海底火山口，不需要靠陽光或其所帶來的物質即可生存。他們以二氧化碳、氫、氮維生，並放出甲烷，這種不已有機碳作為食物來源的生存方式異於今日地球上生存的物種，被科學家看成原始生物的最早形式。

彗星與墜落到地球的隕石包含了全部地球生命形成的基本要素，科學家還發現到流感疾病似乎和彗星的回

歸有關,推估流感可能來自彗星。

　　有關地球上生命的起源,究竟從何而來、如何來,依舊是個未解的謎,科學家更是百家爭鳴,各存不同看法意見,隨著科技的日新月異,期許在不久的將來,真相可以水落石出。(林緯翰)

❖ 原始生命的起源

　　四十六億年前,地球誕生,在經過幾億年後,最原始的生命在地球上出現,繁衍至今,形成多采多姿的地球。生命的起源,對我們來說富含了神秘的色彩,目前還沒有科學家能斷定生命形成的模式,因此,科學家們提出各種觀點來讓大家一起思考,到底地球上最原始的生命是怎麼開始的?

　　有些人會說:大海是生命之泉,當初地球冷卻時,原始海洋裡形成了有機體,逐步發展出有新陳代謝作用的蛋白體,這個蛋白體就被認為是生命存在的基本形式。還有一種相似的說法是在五億七千萬年前的元古代,地球因地質結構變化產生許多湖泊,湖泊的自然環境使細菌等微生物日漸繁盛。而最近研究指出有一種甲烷球菌生活在太平洋底兩千六百公尺深的一座火山口邊緣,不需要陽光,不以有機碳為食物,靠的是火山口排出的二氧化碳、氫和氧為生,也有科學家認為這是原始生命的最早形式。

　　相反地,另一派科學家則認為地球的生命是外來的,像是彗星、隕石碰撞地球後將物質留在原地。彗星

含有水，而三十六億年前天外的隕石則包含了構成地球生命的基本要素。

各式觀點，眾說紛紜，科學家正在努力找出答案，只要你有心，你也能一起參與，一起探索地球，原始生命的起源將不會再是秘密。（王則鈞）

❖ 地球生命的起源

地球生命起源到現在還沒有百分之一百的說法，每一個說法都各有其根據，各有反對派及支持派。

我覺得最具說服力的是，生命的起源來自海洋。地球形成初期為熔融狀態，慢慢形成地殼後，便降下了豪雨，之後形成了海洋，而萬物需要水生存，之後慢慢有了有機體，有機體最後發展為生物體內含量最高的有機體──蛋白體。

蛋白體形成後演變為原始生物，也有科學家認為，地球形成初期，環境十分惡劣，只有最原始的單細胞生物才能生存，而科學家也在太平洋底兩千六百多的火山口發現不以有機物為食物的細菌，以火山排出氣體為生，並認為他們是最原始的生命。

也有人認為，距今五億七千萬年前的元古代，因地質結構變遷，出現大量湖泊，使細菌等原始微生物開始日漸繁盛，但湖泊為一不開放水域，範圍也較小，要使原使生物繁盛恐怕不容易。

還有人認為，彗星含有水，而三十六億年前，從天外墜落到地球的隕石當中包含了構成地球全部基本要

素。科學家甚至認為流感疾病和彗星回歸有關,因為流感病毒來自彗星。但我認為不太可能隕石中包含所有要素,應該只是所有要素中的其中之一。

每種說法都沒有其對錯,現仍眾說紛紜,十分神秘,值得我們更深入研究。(賴郁佳)

❖ 地球生命的起源

地球到現在這個時代不斷的出現新的物種,也不斷的有物種消失,而對於生物從何而來,大家眾說紛紜。

有的人說,生命會形成是在地球溫度逐漸下降時開始的。地球剛形成,表面充斥著熔融狀態的岩石,幾乎沒有水。隨著陸地的降溫,海洋的形成,在海洋中出現了複雜的有機體,進而形成具有新陳代謝的蛋白體。這就是最原始的生命。

還有人說,在距今五億七千萬年前的元古代,地質狀態改變使陸地上出現大量的湖泊,而這些湖泊中有原始的菌類與大量的微生物在此地繁衍。

也有人說,地球的原始生命是一種甲烷球菌。他們生活在海底火山口。在他們的生命週期中不需要陽光,也不吃有機體,而是靠火山口排放出來的二氧化碳、氫氣、氮氣維生。這個說法是大部分科學家所支持的。

更有人說,地球的生命來源是彗星。彗星在經過地球時,有一些小隕石會撞上地球。這些隕石中可能帶有細菌和病毒,因而開始演化。

地球到現在已經產生了許多的物種,也消失了許多

的物種，但對於地球生命的起源目前還是眾說紛紜。所以說，對於地球的生命從何而來，至今還是個謎。（劉邦正）

寫作訓練四 引導寫作

在電影〈2012〉中營造了世界末日的場景，所謂「地球物質調整」造成劇烈的板塊運動而發生強烈地震，幾乎使人類滅絕。有人甚至斷言「二〇一二年十二月二十一日下午三點十四分三十五秒」是世界末日的具體時刻。其實關於二〇一二年地球滅絕的說法很多，包括彗星撞擊地球、太陽風暴的威脅等等。雖然這些說法已被證實為荒謬的論述，但是世界末日的陰影仍然籠罩在人們的心中。如果世界末日真的在有生之年到來，我們將如何面對這些僅存的日子？

請以「如果世界末日到來」為題，論述你對這個議題的認知與感受。文長不拘，記敘、議論、抒情皆可。

寫作說明

此一訓練著眼於學生的寫作綜合能力表現，也包含了訓練學生理性的科學思辨與感性的情境想像。同學可以敘事、議論，當然，若能適度融入氛圍營造，文章的感染力會更生動。

❖ 每個人都會走向生命的終點——死亡，但不只有人面臨死亡，當世界上的資源耗盡時，世界也會邁向終點，正是所謂的「世界末日」。當地球開始全球暖化、海嘯的

侵襲、地震的發生，不是更證明世界末日的到來？

如果世界末日來臨，外面狂風呼嘯、大雪紛飛、龍捲風來襲、火山爆發，而我坐在屋裡，現在是夏天，外面卻下起了雪，但原本的冬天是不下雪的，可想而知，現在的地球溫度有多麼不穩定！

世界上已經沒有水和電，電線早已被雷打斷，火山爆發，彗星撞擊了地球，地殼開始劇烈的擠壓鬆動，把地殼裡的岩漿加上那麼多火山爆發的岩漿，合成了幾百至幾萬多噸的火山岩漿，已經吞沒半個地球，正要吞噬整個世界。

在世界各地，有無數個超大的龍捲風再襲擊許多國家，風速達到每秒 60 千米，足以一下子毀掉一個城市。龍捲風把岩漿捲到空中再灑下來，形成令人畏懼的岩漿雨。

如果世界末日就像這樣的慘景，那一天活生生血淋淋的發生在我們面前時，恐怕才能體會破壞生態環境的下場，但只要我們平時能愛護好環境、保護好地球，節約能源、綠化環境，世界也不會提前末日。（黃靖容）

評語 全文議論、寫景均能契合主題，尤其世界末日的假設情境描寫更是生動。寫景若能適當組織，再加入某些形容詞，其震撼力會更大。

❖ 如果世界末日到來，我，會怎麼做？寒冷的風依舊嗖——嗖——的吹著，我裹緊了身上毛毯，大大的打了

一個噴嚏，咕噥了幾聲，接著就翻個身，倒頭再睡。剎那間，一個聲音傳進我耳裡：「妹妹，起來囉！」排行老二的我，就會煩悶的揉一揉惺忪的睡眼，模糊的應道：「喔！」。又是一個平凡的日子，必須起床、去學校。啊！不對，再過一個禮拜，我們就要和這個世界說再見了呢！這大概，也不算是平凡的日子吧！

刷牙、洗嗽、吃早餐，做完一成不變的動作，我問母親：「世界末日要到了，你會做什麼？」她說：「想那麼多做什麼！做好當下的事就好！」母親就是一位如此不信邪的人，她總要求腳踏實地做好一天自己該做的事情，不會去猜測未來、明天之後要做什麼或者是發生什麼事，也就是，未來的片刻與當下無關。我再詢問大自己兩歲的哥哥，他道：「玩電腦，看漫畫。」很顯然的，這個問題不成立，他把世界末日看成了笑話。我問正在開電腦，預備等股市開盤的父親，他的回答與母親一樣，皺紋、凌亂且蓬鬆的白髮更顯的不以為意。我聳聳肩，笑著出了家門。

「哪！你今天要做什麼？」、「下禮拜是世界末日耶！死前慶祝一下！」、「世界末日要來了！」一切的主題，學校的第一句問候語就是這個。在不久前，這已經成了個「流行」。「你看過『2012』嗎？」朋友問我，我笑笑的點了一下頭。坍塌的土石以及令人可畏的巨大黑色龍捲風，印象深刻的有伸手不見五指的地表裂縫，種種驚心動魄的場面從我的記憶螢幕出現。「我想，我大概沒辦法想像真的會發生那樣恐怖的事吧！」朋友自言

自語的回答自己的問題。我道：「我大概還是做好平常的事吧！」我往窗外一瞥，窗外的天空依舊那麼地湛藍，雲朵仍舊慵懶的躺在那，冬天的寒風凜冽的吹著。

　　恐懼末日的到來，這是必然，因為想要活下去才會衍生出的情緒。不過，人還是難逃一死。所以有什麼差別？差別大概也是知道自己的死期吧！繼續快樂的迎接每一天！我希望自己能那麼做，迎接一個星期後，世界末日到來的日子。

　　　　　　　　二○一二年十二月十五日（朱家霈）

評語 以感性的思維、柔性的筆調，鋪寫世界末日的到來，誠屬可貴。寫景部分營造的氛圍也耐人尋味。

❖望眼欲穿，只見荒蕪，滾滾熔岩不可遏止地從一座比一座高的火山噴出，在這與今相隔久遠的年代，億年如一日，看似漫長而了無生趣，卻正在孕育著無限的精彩，一切終將以生命的形式閃耀宇宙，這樣奇蹟似的恩典，走來多不易！

　　從細菌到生物，歷經了多少個時光荏苒，人類才出現。如今觀想今昔，我們也許真的造就了最輝煌的文明，然卻也同時打開了潘朵拉的盒子，牽引著人類走向黯淡的未來。文明的生活必須有如荷花般吸取泥土的養分才堪有香遠益清之妙。哪怕是對他國的剝削，還是對大自然的予取予求，美好的事物在消逝，不平衡的能量在累積，反撲是必然。

　　恐懼未來之心使人類萌生了世界末日之說。屈原投江尋死之際，心中想必萬念俱灰，那是他的世界末日，只因他已不再屬於那個官場世界，不願同流合污的高節遺留後人吟味。對我而言，末日永遠不會到來，因為我喜愛這個世界，感謝生活其上的動植物及美景總能讓我感動，縱使有天再也聞不到花朵的香氣，還是看不見熙來攘往人群的熱鬧，也許自己也將消失於無形，我始終相信這並不是結束，而是再為另一個生命能量的累積，我既參與了這樣的過程，何不欣然面對一切？

　　然而，生為一個地球公民，我們要有世代正義的精神，不該只是自私地享受和揮霍，花謝了有再開的時候，燕子去了有再來的時候，但當我們拿自己與後代的未來當賭注，若輸了，失去的乃是我們不可承受之重，沒有人還能保證地球上美麗的事物還能延續下去，有一天他的生機可如昔日盎然，又或者，我們根本不知道自己該何去何從。

　　您可知道當我們再不認真作環保，也許我們就得用生命感受地球的怒氣，您可知道當雨林伐木依舊，也許代價我們無從償還，您可知道當我們追求經濟而忽略自然，是人類在慢性自殺嗎？

　　在這世上，能解決的事不用煩惱，不能解決的事煩惱也沒用。聰明如你，如果世界末日到來，你我現在應該做些什麼？（林緯翰）

評語 行文夾敘夾議，筆調亦剛亦柔，無論是遣詞造句，還是取材意象，充分展現你純熟的運筆能力。

❖ 如果世界末日到來

　　「你看過《2012》了嗎？」「當然看過啦。」「你認為《2012》會不會成真啊？」「那些都是電影效果啦！」「可是有人說馬雅預言⋯⋯。」炎熱的夏日，教室裡的學生個個像是水煮開的茶壺，外頭的蟬聲完全不是對手。陽光鑽過玻璃窗戶的防守，在教室逐漸擴張勢力範圍，這種大熱天，誰受的了？

　　「搞不好是全球暖化在作怪。」「你是說極端氣候嗎？」此時老師打開門走了進來。「同學們回到座位上坐好，不是開始上課了嗎？」「老師，我要問問題。」「請說。」「2012 年真的會是世界末日嗎？」「我倒覺得你們在這麼混才是世界末日吧！」全班一陣哄堂大笑。不過，如果世界末日真的來了，到底會是什麼情況？

　　網路上經常會有關於末日的心理測驗，其中一個是：「末日前夕，你最想做什麼？」有人想大玩特玩，痛快地結束最後一天；有人則是想過著正常的生活，平凡地畫下句點；有人想觀察地球會變得怎麼樣，有人則是想盡快逃離地球。我的想法好像不太一樣，末日前夕，我想聯絡我能夠聯絡到的人，畢竟之間多少都有感情了，甚至有很多人幫助過我，所以我想我們要不是一起死去，就是一起想辦法生存下去，或許是個很困難的理想吧。

寫作單元三

　　蟬聲再度稱霸校園，陽光依舊毫不退讓，曬的位在「赤道地區」的同學頭都暈了，課堂上依舊有說有笑，望著窗外快速移動的白雲和清澈的藍天，希望有生之年都會是這樣的好天氣。（王則鈞）

評語　氛圍營造得宜，使全文透露出一種感性的感染力。若能針對「世界末日」的假設情境多作著墨，可與文中的現實情境產生對比，則文章會更有張力，其感染力就更強烈了。

❖地球是萬物共存共榮的地方，也是現在唯一一個我們知道有生命的星球，每樣生物都各得其所，直到出現了我們人類，一切都將改變，是因為我們才有所謂的世界末日。

　　地球形成至今約四十六億，而地球的年齡由地球衰變決定，太陽上用於核融合的原料還可以用約五十億年，也就是說地球和太陽正處於壯年期，皆還可活五十億年。人類則在約兩百萬年前才出現在地球，卻可以在十八世紀中葉工業革命後的短短兩百多年逼得走投無路，直到近十年來，才真正有人注意到問題的嚴重性，但現在還尚未非常普遍，我們能做的也只有減少汙染，延長地球生命而已。

　　人類真的非常厲害，擁有可以獨霸天下的頭腦，而利用我們的頭腦想出來的，就是如何獲得更大的財富，滿足自己的慾望，或是如何使生活更加方便，然後我們

發明了許多有用的工具，創造出大地永遠無法分解的物質。這世界存在著平衡，若只是稍微不平衡，大自然是可以用它神奇的自淨能力將其恢復，而人類卻大大的破壞了這平衡，導致地球現已無法自行分解了。在短短的兩百年能將地球的天然資源全部用光，挖走它的一切，只因為它不喊痛，就可以將它破壞殆盡。直到世界末日的那天，才會清醒嗎？也許地球得的正是絕症，它正慢慢的變的黯淡無光，生命也一點一滴的消失。

　　每個生命都難逃一死，如果世界末日到來，就只能承受，畢竟這是我們一手毀掉的，誰能有任何怨言嗎？我們只能勇敢地珍惜這每一分每一秒努力活著。（賴郁佳）

評語 運用所知的知識，一方面塑造了世界末日的氛圍，也批判了人類破壞地球的自私與無知，文章若能增加「世界末日」的假設情境，會更有感染力。

❖星期一的早晨，一起床，推開窗，眼前的景象總是那麼美好。早晨的太陽，微弱不刺眼，映照我的臉龐。微風徐徐的吹來，輕拂我的臉頰，再加上街道黑板樹上的斑鳩，一早就輕輕的唱。這真是個美好的早晨。

　　隨著時間走過。到了中午，明亮刺眼的陽光高掛天上，曬的柏油路直冒熱蒸氣。所有的人都趕緊躲進冷氣房裡，好讓自己可以降溫。隨著開冷氣的人愈來愈多，天氣也就更加炎熱，使更多的人要開冷氣才能承受這樣

的天氣。

到了晚上，新聞一打開才發現今天的氣溫又再創新高，而熱死人的事件頻傳。這些事情每天不斷的重演，這不禁讓我想到之前鬧得沸沸揚揚的議題——二〇一二世界末日。

電影《2012》中，導演和編劇細膩的描寫了世界末日會發生的種種事件。雖然大部份的劇情過度的浮誇，不過也因此世界末日的陰影始終烙印在人們心中。對於世界末日是否來臨，我認為不會如電影所說的，來的這麼突然，或去的這麼快速。世界末日應該是一個長時間的變化，而非一天之內就造成物種滅絕。

在新生代之前的寒武紀大減絕、二疊紀大減絕、白堊紀大減絕。這些造成物種大減絕的原因，都是長時間的板塊變化或氣候變化，絕對不是一天、兩天或一週、兩週，而是一、兩千年。要造成物種的滅絕絕對是長時間的事情。所以我認為，二〇一二年可能會造成變化，但絕非如此劇烈。

世界末日的說法眾說紛紜，也是人心惶惶。但如果真的會發生，擔心也沒用。所以我們應該珍惜我們擁有的東西，不要浪費。讓它自然少些破壞，世界末日就少些機會發生。（劉邦正）

評語　首段的氛圍描述頗為精采，但次段開始，即進入理性的論述，與前對的氛圍格格不入。若能適度融入一些感性的思維與想像，文章就不會如此突兀了。

寫作單元四

你可以決定生命的高度

——生命教育的閱讀與寫作

寫作訓練一　文本閱讀與分析

請閱讀下列文章，並根據文章內容回答問題：

為什麼學校只教導學生如何在物質上成功，而不教導他們做一個人也要成功？

瞭解世俗的瑣事——如證券、期貨或企業管理——並非沒有用處，然而，為什麼我們的學校，除了這些事實之外，不教導學生關注並瞭解人生的真正需求？例如，如何和別人好好相處，甚至更重要的，如何與自己好好相處？如何健康地生活？如何專注？如何發展自己的潛在能力？如何當一個好員工或好老闆？如何找到合適的伴侶？如何擁有和諧的家庭生活？如何維持生活步調的平衡？

很少數學老師會對學生說明，數學定理如何應用在日常生活邏輯及普通常識上；很少英文老師會教導學生對異國文化保持敬意；很少自然學科老師會不嫌其煩地讓學生瞭解：將課堂上學到的知識運用在日常生活裡，以創意解決問題。

事實！給學生事實！這才是響徹雲霄的呼聲。

儘可能將資料塞進學生大汗淋漓的腦袋裡。如果有幸在他畢業之後，腦袋裡還殘留任何普通常識的話，他會懂得如何運用在學習期間被迫吸收的堆積如山的資訊。這種混淆知識與智慧的傾向，成為絕大多數人往後大半輩子的習慣。從來沒有一個時代像現代社會這麼愛

蒐集事實、這麼不重視單純應世的智慧──隨意的發言必須佐以大量統計數字，並以他人的話印證，才可能獲得聆聽。正因為我們的社會將教育和智慧等同於知識，並將知識的累積視為一切教育的終極目標，於是我們認識不到人生是一個機會，一場歷險──人生是發展潛能，成為一個「人」的機會；人生是發現各種自我未知層面的一場歷險。（摘錄自 J.Donald Walters〈知識與智慧的混淆〉）

寫作說明

　　從文章的篇名就已經透露此文的主題思想是在思辨知識與智慧的不同，而學校教育往往將知識與智慧混淆。因此強調人生應學習提升智慧，而不是累積知識，是非常重要的。同學只要能掌握此一脈絡，詮釋此篇文獻的精髓並不困難。

一、這段文字主要在闡明什麼想法？

❖ 現今學校的弊病，只求知識，不求真正的人生目標。（朱家霈）

❖ 大家盲目地追求知識，而忽略了人的價值。（林緯翰）

❖ 人生的目的不在物質的成就上，而是更珍貴的無形成就。（王則鈞）

❖ 對於現今知識制度和教育的批判。（李佳美）

❖ 教育應教導學生人生的真正需求，而非只教世俗的瑣
事，讓人去思考人生的意義。（洪維陽）

二、作者認為目前學校教育最大的盲點是什麼？他又認為教育最重要的目標是什麼？

❖ 只求外在（物質），不求內在（內心的涵養），不斷的將
知識塞給學生，不教平凡的生命教育。教給孩子們單純
應世的智慧，開發內在的潛能，發現自我內在的層面。
（朱家霈）

❖ 作者認為學校的教育不停地把知識塞進學生的腦袋中，
卻沒有給學生認知發展潛能的重要，忽略了生命的本
質，把世俗價值作為目標，這樣的思維導致了一個社會
的病態、一個世代的悲哀。顯然作者把人生看作一個機
會，能去發展各種層面，才不失為一場歷險。（林緯翰）

❖ 作者認為現在學校只有制式化的教育，只教導學生「知
識」，而沒有「運用」，使學生個個成為「考試機器」；
他認為學校教育不應該只著重在教導知識，而應該多探
討人生的目標、人生的無形成就，使學生能掌握人生的
方向。（王則鈞）

❖ 不管學生有沒有吸收、學習和靈活運用，就揠苗助長的強行將知識灌輸進入學生的記憶體裡。所以，不要只會讀死書，死讀書。除了知識外也要學習做人的道理，了解自我，甚至是生命的價值，盡量成為一個全人。（李佳美）

❖ 只教導學生世俗瑣事，每個科目的表面知識，並非進一步去引導學生這些知識，可以怎麼去應用在日常生活中，也未教導學生做人的道理，與人、與自己相處。因此作者認為教育應讓人去了解人生的意義。（洪維陽）

三、依你所見，作者所謂的生命教育的核心價值為何？你是否贊同？請申論自己的看法。

❖ 我本人贊同作者的想法，最核心的價值：認定自己生命的意義。只不過，我們壓制這種社會價值觀的底下，是否真的能翻身？這對我目前來說始終抱持一個存疑的態度。就算我們現在探討這個問題，我們也不能改變自己的作為呀！父母仍舊會督促自己讀書，老師依舊就會對自己有所期望，最後甚至連自己對成績的要求也為之提高，自己的價值也只有存在於考卷上的分數與名次之間，這是何等悲哀！（朱家霈）

❖ 我認為作者所認同的教育並非去追求世俗的知識，而是探索生命的本質。對於他的想法我採保留的態度，我想

生命的昇華來自知識的累積，哪一首動人的樂章不用樂器演奏呢？知識的教育是殷切的期盼，恰如雨水，有人悟性高，能將其累積成一片汪洋激盪出浪花，但對於荒漠枯草，亦不至枯死，甚至盼之成為高木。（林緯翰）

❖ 作者認為生命教育的核心價值在於探索自我，找尋人生的目標，才能發揮出生命最大的價值。我贊同作者的想法，人生不一定只能被物質成就牽著走，最重要的是要找到屬於自己的出路，人生才過的有意義。（王則鈞）

❖ 生命教育的核心在於認識自我、學習人際之間的交流等。我很贊同這樣的看法，因為作為自己的主人，有時反而對自己完全不了解，潛能、情緒甚至是想法真的都瞭若指掌嗎？（李佳美）

❖ 了解人生的意義，贊同。教育應配合生活上的需求，兩種結合，才不至於讓人覺得所學枯燥乏味，在課程上也不應安排如此嚴密，讓老師只能趕課程，加入一、兩節生命探索課，教導做人處世的道理及方法。（洪維陽）

寫作訓練二　為文章下標題

請為下列三篇短文下標題，字數以不超過 15 字為宜。

（　　　　　　　　　　　　　　　　　　）

　　有一位成功的企業家某次被問到他成功的秘訣，他的回答是：「我允許屬下犯錯，經由錯誤來學習。」相較之下，有多少企業家因為部屬犯了一個過錯便將他解雇。領導者會因為不能寬容屬下的錯誤而落得冷酷的聲名，而這樣的結果是，那些部屬因為害怕犯錯，做事變得刻板僵化，而且完全失去他們可能擁有的創意。

　　教育應該是鼓勵而非強迫孩子發展智慧的一種方法。教育的運作應該切合大自然內蘊的獎懲系統，而且不要過度保護孩子免於去承受他們所犯錯誤的自然結果。同時，教育還應該努力讓孩子以更坦然的態度面對這些後果，使他們不致喪失勇氣，而能明白這就是人生的現實。（J. Donald Walters，《生命教育：與孩子一同迎向人生挑戰》）

（　　　　　　　　　　　　　　　　　　）

　　有兩個兄弟很討人喜歡，可是很沒規矩，內心充滿了野性。有一次因為淘氣而偷羊，結果被村民捉到了。在那純樸的村莊，偷竊是很嚴重的行為。於是村民決定在這兩兄弟的額頭上烙上「偷羊賊」三個字，讓這記號一輩子跟著他們。

　　兩兄弟中有一個對於額頭上的三個字感到很難為

情,於是逃走了,之後再也沒有見過他。另一個則內心充滿懊悔,心平氣和地接受別人對他的懲罰。他選擇留下來,為他所犯的錯誤贖罪,雖然村民不太相信他,他仍努力行善。當有人生病,他會帶著熱湯去照顧病人;當有工作需要,他會趕過去幫忙。村中不管是貧窮或是富有的人,這個偷羊賊都能盡心盡力地幫助他們,而且分文不取。

幾十年過去了,有一位旅人來到這個村莊,他坐在人行道旁的咖啡店吃午餐,看見一個老人,頭上有個奇怪的烙印。他也發現每個經過老人身邊的村民都會停下來,或親切地與他交談,或熱情地與他擁抱。

基於好奇心,旅人向咖啡點老闆打聽:「那個老人頭上奇怪的烙印代表什麼意思?」「我不知道,那已經是很久很久以前的事了……」咖啡店老闆回答,沉思了一會而接著說:「不過,我想他代表的是『聖人』。」(《心靈雞湯:永不放棄》)

(   )

天文學家要掃瞄蒼穹時需要在他望遠鏡上安裝一片清晰、透視率精準且研磨精細的鏡片;木匠建造一棟房子時,需要製作精良、同時保養完善的工具;珠寶師傅處理珍貴寶石時,需要足夠敏感的天秤才能稱出小於一克拉的單位。在生活的每個層面,我們都需要正確的工具,尤其在這個科技日趨繁複的時代,我們必須投入龐大的心血,致力於工具的發展與維護。

然而,讓我們驚訝的是,每個人都必須仰賴的最基

本「工具」——人的自我、身體與腦袋，竟然得到那麼少的關注。

人的身體如果不以敏感的態度和正確的覺知來照顧，最終可能變成自己最難纏的敵人。因為一個病痛的肉體會阻礙任何追求成就的意志，一個烏雲罩頂、渙散脆弱的腦袋更無法清晰地理解任何事物。我們現代的教育一直在給予孩子追求成功的外在工具，卻從來很少建議他如何發展自己的專注力、記憶力及清晰的思考力。缺少了上述的工具，就好比一支鐵鎚或一把鋸子落入敵人的貓爪之中。（J. Donald Walters，《生命教育：與孩子一同迎向人生挑戰》）

寫作單元四

寫作說明

為文章下標題就好像報社主編為新聞文稿訂標題一樣，除了具備創意以吸引讀者之外，最重要的還是能呼應文章的核心情裡。所以，掌握文章的綱領或主旨非常重要。

❖ 1. 錯誤不等於失敗
　 2. 態度逆轉人生
　 3. 成功的基本條件（朱家霈）

❖ 1. 錯誤背後的價值：邁向成功的鑰匙
　 2. 被美德抹去的烙印
　 3. 不要得了天下失了一切（林緯翰）

❖ 1. 坦然面對錯誤

   2. 不怕不知錯，就怕不改過

   3. 工欲善其事，必先利其器—內在的工具（王則鈞）

❖ 1. 錯要犯多點，才會成功

   2. 不一樣的選擇，偷羊賊成聖人

   3. 天賜的工具—遠在天邊，近在眼前（李佳美）

❖ 1. 犯錯帶來成功

   2. 從偷羊賊到聖人

   3. 維護內在的工具（洪維陽）

寫作訓練三 文章補寫

　　下列文章是一則小故事，雖然文章中有部分空缺，但是文意仍然可以掌握。若將空缺處加以擴充補寫，則文章會更精彩可觀。請先閱讀，再依文末提示作答。

　　因為工作性質的關係，我經常必須搭飛機往返臺北與其他偏遠的城市，通常在飛機回家的路上，我會儘量放鬆自己，讀一些消遣性雜誌，或閉目養神。雖然心胸坦然，卻常常祈禱，無論坐我旁邊的會是什麼樣的人，就讓一切順其自然吧，請幫助我坦然以對。

　　這一天，我走上飛機，看見一個小男孩坐在我旁邊靠窗的位置，（①）。雖然我喜歡小孩，但是我實在累了，直覺的反應是：「老天啊！我要如何應付這個小男孩。」儘管如此，我還是友善地向他問好，並且自我介紹，在幾次寒暄閒聊之後，小男孩突然對我說這是他第一次坐飛機，心裡非常不安。

　　「坐飛機沒什麼大不了！」我試著安慰他：「我向你保證，坐飛機比你從前做的任何事還要容易。」我心裡想了一下，然後問他：「你有沒有坐過雲霄飛車？」

　　「我喜歡坐雲霄飛車！」小男孩興奮地回答。

　　……（②）

　　飛機開始在跑道上滑行。起飛之後，他看著窗外，開始興奮地告訴我對雲的想法。

　　……（③）

　　我見他完全忘記搭飛機的恐懼，而且臉上的表情既興奮又雀躍。他向我說，他想上廁所。我站起來讓他過去，這時我才發現他的腳上的金屬支架。他一步一步地走向廁所，不久又一步一步地走回座位。他向我說：「（④）」

　　當飛機緩緩降落，他看著我，對我微笑，有點不好意思的小聲對我說：「你知道嗎？我之前很擔心，怕自己旁邊坐一個兇巴巴的人，不跟我講話，我真的很高興坐在你的旁邊！」

　　原來，保持開放的心靈是一件多麼有意義的事。我一直是個老師，此時卻感覺像個學生。

1. （①）請描述這小男孩的外貌、神情與特別的動作。
2. （②）請設計一段對話，完整鋪敘作者說服、安撫小男孩的過程。
3. （③）請補寫小男孩如何敘述他對雲的想法。
4. （④）請完整描寫小男孩敘述自己腳上支架的原委。
5. 上述四個空缺的部分，請各以五十到一百字的篇幅擴寫補足。

寫作說明

　　文章補寫雖然不是國家考試的十四種題型之一，但是依然常常出現在寫作訓練中。故事的補寫可以訓練同學的想像力，也能發揮你的創意思考。此篇文章是一個老師與一位殘障小男孩的互動對話，主要在闡述開放的心靈的重要性，所

以，掌握主旨也有助於你去鋪陳故事。

❖①黑色的頭髮凌亂，兩條細眉如毛毛蟲一般不安的躁動，眉心徹徹底底的擰成一個「川」字，閃爍的雙瞳隱匿著深層的恐懼，不斷的眨著。白淨的衣角被他八、九歲的小手抓的發皺，看不見的手心好似微微的發著汗。

②他絮絮叨叨的告訴我以前的過往，陌生人的恐懼、不安仍舊使得他的話有些破碎，我在氣氛趨於沉默的空檔笑著問起他的種種回憶，接著我們的話題又歸回了雲霄飛車，初次坐上去，緩緩從斜坡攻頂的剎那，那種刺激、喜悅。

③雲海裡面有著繽紛的顏色，灰色、白色、淡橘色，美麗交錯，而我們乘坐的飛機猶如火車的車廂，安全的悠遊在這片漂亮之中。

④沒什麼！這只是某一次車禍所造成的影響。至少命保住了，這是上帝遺留給我的禮物，讓我面對挫折、努力看見自己的缺陷，讓我看見這世界的美好。（朱家霈）

❖①白白臉龐上緊蹙著濃黑的眉毛，緊閉雙唇流露出一絲不安，但他炯炯目光又予人安定之感，寬鬆的運動服亦顯出其自在。

②既然如此，那更甭擔心啦！飛機不但飛行得更平穩，還很安全哩！

③小男孩說：雲好像一隻又一隻的綿羊呢！風就好比牧
　羊犬，把羊群從這兒趕到那兒，逗趣極了！

④這是我小時候出車禍所致的，那場車禍不僅讓我失去
　了雙腳，連我父母也給奪走了。但每當我仰望天空
　時，瞧見雲兒總各自西去東來，即便成群也無誰永伴
　著誰，許多生命的風景得一人欣賞玩味，我會更加的
　堅強來過這一遭，更何況我父母一直活在我心中呢！
（林緯翰）

❖①他有著小小圓圓的臉蛋，但是眼睛、鼻子、嘴巴都緊
　緊縮在一起，身體微微發抖，似乎在害怕著什麼。

②你知道嗎？坐飛機就跟雲霄飛車一樣，一開始的起飛
　就像上坡，慢慢往上，慢慢往上，到達最高點就能看
　到一片雲海喔！最後就是最刺激的下坡，是從天空一
　路滑到地面的，你一定會喜歡。

③外面的雲真的跟海一樣耶！不過也很像冬天時山上的
　一大片積雪，好想在這些鬆軟的雲上跳來跳去！

④哎呀，被你看到了，這個金屬支架是我剛出生時，因
　為這隻腳的神經出了點問題，醫生就說要用這個來幫
　助我走路，剛開始原本是小小的一個而已呢！好幾年
　後，因為我長大了所以要做更換，不過它們也陪我走
　過了好幾個歲月，就像是我最要好的朋友，也跟大哥
　哥（大姐姐）一樣喔！（王則鈞）

❖①蓬鬆的褐髮梳理得整齊，粉嫩的臉蛋透出汗珠，黛青

色的雙瞳除了單純還夾雜著一絲畏懼，雙手時而不時的微抖。他，看起來很緊張。

②我心中舒了一口氣，面露微笑的告訴他：「你知道飛機起飛時就很像雲霄飛車在上坡時的感覺嗎？」小男孩瞪大雙眼，興奮的說：「真的嗎？我超喜歡上坡時的感覺，既刺激又期待。」

③他幾乎整張臉都要貼上飛機的窗戶，方才的畏懼早就一掃而空，他用手指向窗外的雲朵說：「好像棉花糖喔！又好像羊毛地毯，軟綿綿的看起來好舒服喔！」

④從出生開始，我的腳就不太靈活，有一次為了復健，和家人去爬山，不小心被毒蛇咬了一口，命是保住了，但膝蓋以下大致上都癱瘓了！只能靠著支架才能走路。（李佳美）

❖①穿著淺藍色襯衫，搭配牛仔褲。他的眼睛環顧四周，手不停按把手上的按鈕，好像對飛機上的一切事物都感好奇。

②哦！坐飛機比坐雲霄飛車還要好玩，你可以看窗外的雲，藍藍的天空，而且飛機比雲霄飛車更安全呢！

③好棒哦！小時候我就想要長得很高很高，來摸摸雲，雖然隔著一片玻璃，但雲還是好美，我好高興雲就在我身邊。

④我五歲時，因為調皮，過馬路不看車，代價就是一條腿，不過我算是幸運的了，因為上帝還讓我有機會看這世界。（洪維陽）

寫作單元四

 寫作訓練四 引導寫作

> 　　人生有如一條長遠的旅途，其間有寬廣平坦的順境，也有崎嶇坎坷的逆境。你曾經遭遇到什麼樣的逆境？你如何面對逆境，克服逆境？請以「逆境」為題，寫一篇文章，可以記敘、論說或抒情，文長不限。（98年學測）

寫作說明

1. 要深刻詮釋「逆境」，必須先瞭解「人生」是什麼？生命的意義在哪裡？從這一單元的生命教育可尋求答案。
2. 順遂的人生並非寫不出深刻的逆境，請你先建立觀念，仍可寫出情采並茂的文章。
3. 請注意氛圍營造，仍有烘托此文之效。

❖ 霸凌，已經成為了一個耳熟能詳的名詞。我，曾深深的體驗過這個名詞的滋味。嚐起來，是恨，是痛，是難過。至此，你也許或多或少已經猜到我的逆境了吧！身處霸凌，便是我的逆境。

　　這是多年以前的事了，那是個懵懂純真的年紀。我們剛剛分班，每個同學都很快樂的談心，聊一些無關緊要、有趣的八卦事。我，也理所當然的參與其中。但，

不知道是什麼原因，我的校園生活變了調，開始趨向變奏的狂風暴雨。

那是如同沙漏裡的細沙，逐漸的滴進時間的流裡，沒有聲音，也沒有影子。女生們開始在我的背後議論一些悄悄話，講完就嘻嘻哈哈的散了群，言語可是最鋒利的刃，猜忌、嫉妒可是人心當中最為險惡的抽象情感。兩者相加就成了在暗夜中鼓動的黑霧，隨著時間的挪移而悄悄的膨脹。從一個點，成了鋪天蓋地的邪惡之霧，將它的目標獵物抓進泥沼之中，就此吞食。我，就身處於流言蜚語的這種情境。弱勢的我只有兩個無能為力、同病相憐的朋友。狀況不斷，也難以扶持。

傷得我最深的是某一次的事件。那天，英文老師在黑板上出了幾題題目，讓同學們上臺搶答，答對的人可以加分。就此同時，所有人都衝上了臺，我亦如此。大家爭先恐後的推擠、搶粉筆作答。但是在剎那之間，我的周遭沒有了人，只留下一點粉塵。我將視線從黑板上的題目轉回後方。講臺下是人群，是剛剛搶著加分的同學。講臺上，只有我，我一個人，就如同供人觀賞的雕塑一般，那樣的奇怪。在俄而之間，剛才不停喧鬧、要搶答的同學們開始譏笑。有人大聲的在眾人面前大叫：「髒鬼，別靠近我！」在這之後，伴隨的是女生高八度的尖叫以及如撒旦般奸邪的笑聲。嘔吐聲四起，幾個男生裝起了樣子，用那樣的動作，嘲諷我。對他們有趣的玩笑，對我則是最深沉的傷害，此時的我，抓不到浮木，一個人捲進了摸不著邊際的海裡，痛苦纏身。心碎

寫作單元四

的我，就在講臺上大哭，哭的難受。眼前的黑色全都是
負面情緒。

　　幾年之後，我離開了那，到了一個新的地方。陌生
的環境，童年的陰影仍在。沒有自信這件事已經習以為
常，我的眼淚在那之後幾乎不曾流過，但，在某一次的
契機下，我，打算克服它。

　　那次是偶然碰到的，生命鬥士的演講，她一字一句
的傾訴自己的遭遇，我剎時明白了自己的遭遇簡直是微
不足道。最後她以一句話做總結：「不管多麼的痛苦，
我挑戰它、面對它，那我必能克服它。」這句話令我印
象深刻、打動內心，當下，我就打算做一件讓自己面對
痛苦的事。

　　有獎徵答，當演講結束後，就會徵求人上臺，發表
自己的感想。我心想：「從哪裡跌倒，就從哪裡站
起。」於是，我站了起來，走了過去，但雙腳不禁微微
的顫抖，我抖的原因是什麼我真的不太清楚，不過，大
概是為了揭開自己的傷疤，潛意識仍在害怕吧！站在臺
上，臺下有四百多個人在注視著我。我開口，因為恐
懼，將自己的左手抓住另一隻手臂。我說：「霸凌，本
來就會帶來痛苦，大家一定都曾碰到這種事吧！大家的
玩笑話在無意當中就會造成傷害，請不要這麼做，因為
這並不好玩。不過就算被欺負也不要因此厭惡自己，因
為，自己的價值是自己認定的，別人沒辦法決定你的人
生，別人只是因為嫉妒或厭惡否定你。不用理他們，他
們只是你們人生的一小部份而已！」說完，激動的心情

逐漸聚上心頭，淚水湧了上來，但我克制自己不讓眼淚奪眶而出。我克服、面對難過的回憶了，我也打敗自己心中的那個陰影了！我證明自己站在臺上說出心裡想說的話。勇氣，使我克服心中的逆境、不敢面對的事情。

　　請克服自己心中的逆境，讓自己的困頓、難過的時候請面對它，那麼你便能突破自己，讓自己達到另一種境界。（朱家霈）

評語 1. 面對→解決→接受，在你曾經歷的人生逆境中，你已經通過洗鍊而浴火重生了。

2. 遣詞造句不落俗套，以譬喻法營造的情境尤為動人。只是那受欺侮的情節描述宜再具體。

❖ 逆境是上天給予最美的祝福、最棒的禮物。

　　蜂擁的人潮從四面八方不停地湧來，雜亂的腳步聲猶如脫韁的馬蹄不知要將我的心帶往何方。一張又一張臉孔快速走過我面前，連讓我留下印象的時間都沒有，偶爾傳來朋友間的嬉鬧聲或是情人的呢喃，但這些聲音卻像擾人清夢的蚊子，直教我頭暈目眩。

　　十五分鐘過去了，人潮依舊擁擠，彼此間行色匆匆的默契築起一座冷冰冰的高牆，將我拒於千里之外。彷彿有人偷塞了一顆搖頭丸在我心中，他越跳越高、越晃越烈，終於他就要從我體中彈出至九霄雲外了，而我在也無法用理性遏止他，宛若山洪的汗水將我湮滅，我得花好大的力氣抽一口氣方能繼續前行。這已非迷路了，

我在與我焦慮的心情拉扯，我已迷失在自己的手足無措。當我意識到這時，我便停在路旁休息一會兒，帶心情平靜後再尋找出路。

天啊！剛才的我怎麼沒有注意到這一間一間別致的店面呢？櫥窗裡擺著今年的秋裝，或樸素或高雅，各有一番風韻，小吃店傳來的香氣是多麼地誘人！夕陽灑在台北街頭，漫天彩霞與高樓相映成趣，來往的人潮成就了這一幅風景畫，而我能置身於這樣的風情中，多幸運啊！抱持這樣的心情，我已忘卻找不到路的憂心，漸漸憑著昔日的記憶，我踏上了正確的歸途。

人偶爾會遇上不如意之事，我們可以適度地沮喪悲傷，但別忘了更要提起精神，轉換一下心境，面對自己，進而走出風雨，迎接虹彩，生命不也正因如此而更有滋味嗎？一個岩洞若有雨水長期的洗鍊，才能有讓人嘆為觀止的鐘乳石，否則就往往只是個漆黑的洞穴，我們不該只見逆境的黑暗而全盤否定它的價值。

逆境，往往蘊藏著無限的希望，如此看來，他豈非上天給予我們最美的祝福、最棒的禮物？（林緯翰）

評語 說理深刻，契合題旨，二、三段的氛圍亦營造了逆境的困頓與不安的情緒。全文若能再從現實的挫折舉例，會更有說服力。

❖「今天的風好大喔！感覺人都快被吹走了！」風聲蕭蕭。氣象預報說今天會有強風，不過似乎太強了點，除

了花草被風吹得暈頭轉向，連壯碩的大樹也被吹得搖頭晃腦。印象中，這是颱風來臨前的天氣。「而且吹的還是逆風，好難往前走啊！」逆風，好比一隻無形的手，阻擋我們繼續往上爬，眼看天色漸昏，不趕緊找個落腳處的話，夜路只會更難走。

　　或許，這就是種逆境，在事情的過程遇到的挫折與考驗，就像在萬里晴空的豔陽天拍照時，強烈的逆光考驗著攝影者的技術，一旦哪些數值沒調整好的話，照片中的人物或景象就會變得黑黑的，得不到原本的效果。因此，逆境可以比喻為一個難關。

　　國中要升高一的基測時期，教室內幾乎每個人都很拼，自習課時，大家都非常專注在書本上，鴉雀無聲，連一枝筆掉到地上發出的「喀啦」聲都會出現回音。這時的我，突然間在擔心著如果考不上好學校要怎麼辦，旁邊的同學個個都在衝刺，只有我在這邊自亂陣腳，這樣下去也不是辦法，我提醒自己不要再胡思亂想，於是，正想從資料夾把講義找出來時，卻無意間翻到前幾次的模擬考成績單，PR值六、七十，此時的心情就像連續好幾天下雨的天空忽然放晴了。正要出去走走時，又碰上了雷陣雨，簡直跟颱風眼的天氣沒兩樣。整天下來，頭頂上積了層厚重的烏雲，揮之不去。

　　到了考前的周末，我坐在窗邊看著一本書，無意間看到了幾句話：「逆境就像高空彈跳，當你因逆境摔入谷底時，它會變成帶你回到順境的反作用力。」對喔！成績單上的數字只是暫時的，只要有心，我還是讀得起

來，到時還是沒有上去的話，普通的高中、高職其實也不差。烏雲散去了，而且再也沒回來過。

走著走著，遠方的路漸漸模糊，逆風依舊吹著，樹葉沙沙的聲音似乎在幫我們加油，我們每個人都賣力的往前走，想要推開阻擋的那雙手。終於，前方有一大片平原，平原上的草向我們招手，歡迎我們的到來，同伴們歡呼著，而我突然有種感覺，這趟路，雖然辛苦，不過也蠻涼爽的。（王則鈞）

評語 情境氛圍的營造，已能達首尾呼應的效果。論述說理，舉例論證，亦能貼近事理的核心。

❖ 逆境是一種抽象且廣闊的名詞，無論是誰，在某個情境、時間、空間裡，都會有自己的逆境存在，逃也逃不掉。

蟬聲唧唧與冷氣機嗡嗡聲不斷的交織著，教室裡一排排學生個個面色凝重，不發一語；握筆的手早已出了一層汗，眉間時而平坦，時而緊鎖，看著手錶上漸漸疊合的時針與分針，馬上就有人亂了陣腳，手足無措。學生，只要你是個學生，或是你曾經是個學習者，那麼課業、考試必定是你逆境的來源。有的人會認為自己很會應付考試，所以考試並非他的逆境，但成績的排名就是一項莫大的逆境；有的人不在乎考試，但父母、師長的責罵，而你要去說服他們成績不是一切的想法，要想得出說也是一種逆境。

茫茫人海中，零星的幾個人，青年、中年不等，西

裝打領帶，手提公事包，臉上是愁雲慘霧的笑容，垂頭
喪氣的緩慢步伐，甚至是靜止不動，他們正面臨現階段
最殘酷的逆境——失業。該如何向妻子、父母交代？孩
子要怎麼養大？我的未來在哪裡？得趕快找到新工作才
行。無形的壓力就像水壓一樣從四面八方蜂擁而至，想
逃避，卻早已不像學生時那般容易，長大後的逆境，難
度加深更多。

　　人生的每一個階段都有一套為你量身訂做的逆境等
著你，若是沒有這些逆境，要成功反而難上加難。愛迪
生就是衝破自己的逆境才能成功發明電燈，國父孫中山
十次革命失敗的逆境才造就了第十一次的成功。成功的
人背後有多少的逆境是我們所不知道的，那麼我們若衝
破逆境的重重關卡，成功一定就近在眼前，隨手可得了
吧！（李佳美）

評語 以具體事例，敘說人生得逆境，平實卻不失說服
力。適切的景物描寫一烘托出事理的清晰。

❖ 咻！咻！風勢大得讓人在路上站不住腳，雨勢也大得讓
人握雨傘的手抖個不停，一路上僅靠著路燈的光照出一
條回家的路，本以為回家後，可以不用再心驚膽顫，沒
想到雨打在屋頂、窗戶上的巨大聲響以及風吹進屋子那
陰險般的笑聲，加上新聞報導的災情，又都令我對這一
次颱風的害怕更添一分。天氣有時晴天、有時雨天、更
有幾天是可怕的颱風天，就好像人的一生，有時順、有

時不順，甚至有段時間會停滯不前，遭逢逆境。

　　抱著必勝的決心，坐上車子，前去參加圍棋比賽，果然旗開得勝，第一場的對手輕鬆過關，接下來第二、三場雖然對手的實力越來越強，不過憑藉本身的棋力加上全神貫注、全力以赴，依然拿下勝利。中場休息出外用餐時，陽光普照，白雲好像對我擺出笑臉，路上的樹隨風起舞，就像整個世界都在為我的勝利來慶祝。重回棋盤，我嚇傻了，因為第四盤的對手是一位老爺爺，滿頭的白髮，歲月痕跡的臉龐，沉著冷靜的儀態，還沒下，氣勢上我就輸光了，不過一碰到棋子，這些想法瞬間拋到腦後，準備在場上廝殺一番，經過一場場爭鬥，使出渾身解數，但還是敗下陣來，輸了第四場的我，就像洩了氣的皮球，第五場如同青春的小鳥回不來了，就這樣以三勝兩敗收場。

　　走出賽場，我抬頭一看，太陽不見了，而雲依然擺出笑臉，只不過這次是在嘲笑我的失敗，明明只差一勝就能晉段，明明有那麼好的機會，唉！我卻讓他溜走了！這之後我一直吵說：「不想再下圍棋」。還好有父母的安慰，使得我的圍棋之路可以延續；還好有父母的陪伴，使得我的圍棋實力可以增強；還好有父母的支持，使得我的圍棋段位可以提高。就因為父母從旁協助，我才能走過這一次的逆境。就像那一夜的颱風天，雖然可怕，但只要父母在身邊，就是會有一種安心的感覺。

　　每個人的一生中，都會遭逢逆境，但只要家人的陪伴、鼓勵，以及自身不懈的努力去克服，我相信馬上就

能看到萬里無雲的大晴天。（洪維陽）

評語 行文懂得氛圍營造，使文意充分烘托。論述觀點亦能切題，唯以「下棋」為喻來闡述逆境，必須再延伸至人生層次，文意才能深刻。

❖一度徘徊於絕望邊緣，凝視著遠方未知的道路，天空是凝重的鐵灰色，黑鴉鴉地覆蓋在頭頂。一口悶氣也沒吐，一個怨懟也沒訴，只責怪自己的過錯和不小心，接著是淌落不甘心的淚水，門牙緊扣下唇，然後垂頭喪氣地走回巢。

曾經一蹶不振，覺得下一步無法走下去嗎？曾經哭得兩眼紅腫，後悔當初自己的所作所為嗎？曾經以為這就是世界末日，無法改變現狀了嗎？面對一個個接踵而來的障礙，該如何面對它並且解決它是一個重要的課題。對現代人而言，生活中往往會遇見許多不如意事，這是因為社會給人的沉重壓力讓人壓得喘不過氣來。

正因人生歷練不夠多，面對的逆境也很少，朋友面對的逆境不過是考試壓力、單戀失戀、父母要求……。所謂的逆境實在不足為奇。記得國中有一個同學，曾經與男友非常的相愛，她常對我訴說他們的羅曼史。國中畢業後分到不同的高中，她就讀某所私立女子高職，而男友讀的是一所再普通不過的公立高中，她和男友約定要走一輩子，告訴他不可以移情別戀。然男友終於在高一那年出軌，使她吞下三十多顆安眠藥，幸虧送往醫院

急救，躺了一個月才從危險中恢復，但是無論身心都受到折磨。這是一件要不得的事，正因她無法衝破逆境，從絕望中甦醒，導致身心俱乏而無計可施。

又如市立某幾間明星高中，因為升學期望和眾人期待的壓力下，常常冒出許多自殺的事件，這是大眾不可輕忽的一件事。莘莘學子無法負荷這樣的繁重和逆境而導致悲劇發生。我認為要以樂觀的角度來看待所有發生在身邊的事物，台積電董事長張忠謀說：「常想一二，不思八九。」正如俗諺所說：「人生不如意之事，十常八九」，這句話要我們不要去想不如意的事情，而樂觀面對剩下令人身心愉悅的事，如果身負升學重任的學生懂得如何做調適，想必最終結果並不會如此悲愴。聖嚴法師也說過：「接受它，面對它，放下它。」意指我們應該去面對問題想辦法釋懷，然後解決問題，而不是和心中的大石過不去，因而終結寶貴的生命。

回到家後，透過鏡子，我看見自己可笑的臉，鏡子裡的樣子就像是個倒八輩子楣的蠢傢伙，一股腦兒想朝鏡子揮一拳過去，痛揍鏡子裡的傢伙一頓，但我遲疑了，我面對鏡子，硬擠出了一個勉強的笑容，看起來怪和諧的，接著不安的情緒煙消雲散，我轉身離開鏡子。（黃麟茜）

評語 心境的描寫非常細膩，藉由人生事例也使論理深刻而令人悅服。文末一段情境描寫有神來之筆的效果，使文章布局不落俗套。

寫作單元五

兩性教育的新思維
——性別議題融入寫作訓練

 寫作訓練一 文本閱讀與分析

請閱讀下列文章，並回答問題：

　　惡劣的三字經真的不可取，不是因為它提到了性，也不是因為它露骨的談性，而是因為它利用了「性」在這文化中一向所累積的的禁忌位置，勾動了人們對「性」的無知和戒懼，積極的把「性」當作辱罵人的工具，把「性」牢牢的連結上仇恨、憤怒、嫉妒等等負面的情緒。這麼一來，由於性都是負面的東西連在一起，反而使得「性」無法發展其正面的意義，因而更加把性──這個我們日常生活中常常貼近身體情緒感情的事情──醜化了。

　　三字經，或者髒話，就是這樣強化了一般人面對「性」的時候的焦慮厭惡。因此使得我們在被用三字經罵的時候，不但「特別」恨那個罵的人，「特別」恨那件使我們挨罵的事，還同時無意識的也對性產生「特別」強烈的厭惡感。這些都顯示了我們文化對「性」的另眼看待。

　　然而，有時三字經也有促進心靈健康的效用。例如，關門時不小心夾到手指，這時候大喊三字經真的是舒緩痛楚的好方法；受到上級欺侮，有冤難伸時，除了蒐集證據以備日後檢舉外，在無人或塞車時大罵他幾句三字經，也有維持身心平衡的功能；在臺灣惡劣的開車文化中，碰到惡形惡狀的司機，或是汽車輪胎被放了

氣，或是車身烤漆被刮花了，這時狠狠的罵出幾句髒話，就有助於減低你殺人的動機。

　　從這些方面來看，髒話不一定是惡劣的、不好的東西，以平常心來看待，選擇性的使用、有智慧的使用，恐怕是我們需要培養的能力。（節錄自何春蕤《性／別校園——新世代的性別教育》）

寫作說明

　　這篇文章在說明三字經（髒話）的負面與正面的意義，觀點新穎，且具有學理、科學性，也頗具說服效果。除了提供同學新的觀點之外，當然有具有訓練同學閱讀理解與分析思辨的能力的功效。

一、這篇短文主要在闡述什麼道理？

❖ 髒話的好處和壞處，並強調必須有智慧的運用。（朱家霈）

❖ 惡劣的三字經縱然不可取，和對「性」的無知和恐懼，但有智慧的選擇性使用，是我們需培養的能力。（陳嘉萱）

❖ 髒話的優點與缺點，唯有靠智慧的使用，才不會扭曲了性的本意。（李佳美）

❖ 講述三字經真正惡劣的原因，並以正面角度提三字經的效用，以有智慧的使用做結。（洪維陽）

❖ 髒話的負面影響與正面意義，以及如何智慧地運用髒話。（王則鈞）

二、作者認為罵三字經或髒話最不可取的地方是什麼？

❖ 把「性」當作辱罵的工具，而且連結了仇恨、嫉妒等負面情緒，把「性」醜化，讓大家產生了焦慮、厭惡，對「性」另眼相待。（朱家霈）

❖ 謾罵三字經雖然可謂為負面的情緒發洩，但罵三字經最不可取的地方是對「性」的輕蔑。因為無知和恐懼，所以對「性」產生不正當的連結，且把一些事情醜化了。（陳嘉萱）

❖ 把「性」與負面情緒連結在一起，醜化了「性」，使得對性無知的人有了錯誤的觀念。（李佳美）

❖ 三字經利用了「性」在這文化中一向所累積的禁忌位置，勾動了人們對「性」的無知和戒懼，使得我們把「性」這個日常生活中貼近身體情緒感情的事情醜化了。（洪維陽）

❖ 作者認為罵髒話最不可取的地方是髒話對「性」的醜
化，原本「性」在生活中只是平常的事，卻因為觀念而
對「性」造成歧視，漸漸地，「性」就被髒話醜化的不
堪入耳。（王則鈞）

三、從文章中，可不可以找到罵三字經或髒話的正面意義？請寫出來，並加以說明。

❖ 抒發自己難以排泄的情緒，維持健康的身心，有助於減
低殺人、傷害自己的動機。（朱家霈）

❖ 罵三字經的正面意義可說是發洩自己內心不平衡的情
緒。罵三字經雖然不雅，但那簡潔有力的字詞，脫口而
出的當下，會有種莫名的快感，和將自身不滿的情緒宣
洩而出。（陳嘉萱）

❖ 藉由及時的罵髒話，將內心負面情緒抒發出來，例如在
憤慨時，以一個字來表達自己內心的不滿，當心中因為
一個字就能感到暢快，甚至還能遺忘掉原本生氣的原
因，如此一來就可以免於被負面的心思蒙蔽了理智。
（李佳美）

❖ 有助於心靈健康的效用。當被打到、被門夾到……，罵
三字經可減緩痛楚；被上級冤枉、受欺侮時，罵三字經
可維持身心平衡，不至於衝動，想打上級……等許多案

例。（洪維陽）

❖ 髒話也是有正面意義的，在受到物理或心理刺激時，可以舒緩壓力，防止壓力累積太多而一次爆發。（王則鈞）

四、在生活周遭，當你聽見或親身遭遇三字經、髒話的辱罵時，你是什麼樣的心情？請指出正面或負面的意義，並加以說明。

❖ 難過、大哭的情境，正面的意義，事後會自己檢討，還會產生自我貶抑、厭惡的跡象。（朱家霈）

❖ 當聽見他人罵三字經時，我的心情不會有太大的起伏，因為這是他人發洩情緒的方式。雖然不太優雅，但也要尊重每個人自己宣洩的方法。（陳嘉萱）

❖ 我會有兩到三種心情一併出現，第一種是愧疚，因為我一定是做錯了什麼事，才會惹人生氣。第二種是好笑，為什麼他（她）生氣之餘想要找人上床，甚至是由女生口中說出「X你娘」，不是很奇怪嗎？第三種是憐憫，我會覺得他（她）好可憐，不懂得表達心中想說的話，只能用一個字或一句話來概括全部。（李佳美）

❖ 我是感覺，時下的年輕人，都把三字經、髒話當成發語

詞、讚嘆詞，其實當他們在講這些話時，都沒特定含
意，就像「啊」、「唉」一樣，不過這還是很不好的詞，
最好是不要講。（洪維陽）

❖ 雖然身處在充滿髒話的環境(無論在哪裡的學校，同學
經常都在講)，所以已經習慣了吧，因此會當成他釋放
壓力的話，對我來說，正面就是他釋放了壓力，負面就
是被罵了會稍微不高興。（王則鈞）

 寫作訓練二 心理測驗——狀況選擇

請詳讀下列的心理測驗，並依規範回答問題。

假如你是一位老師，你在班上發現男同學的長褲下隱約可以看到他穿著女性絲襪，你會有什麼感覺？你會做什麼處理？

① 我覺得很奇怪，好奇他為什麼穿絲襪，但不會去問他。

② 我會覺得很奇怪，會個別找這位同學來問。

③ 我覺得很噁心，不會去理會他，因為那是別人的事。

④ 我覺得很噁心，會當眾命令他不准穿。

⑤ 見怪不怪，反正這年頭男女莫辨，這算什麼。

⑥ 我覺得太不像樣，會當眾揶揄他。（林燕卿《校園兩性關係》）

請選擇與你心中反應較為接近的答案，並說明原因。

寫作說明

依照專業心理分析所提供的資訊：

1. 如果你選擇①、③、⑤，表示你在性教育的知能方面仍待加強。所以在行為上呈現的是不要主動去問當事人，因為一旦問不出所以然或學生不答，會令自己更尷尬。這時必須多增加性教育方面的知能，增加自己

處理問題的能力。

2. 如果選④及⑥則較為不妥。因為事情尚未弄清楚，以那樣的口氣質問學生，會使學生難堪，感到自尊心喪失。或許只是因為他一時找不到襪子，才臨時穿上的，經此打擊會增加他心中的罪惡感。

3. 如果選②，是個不錯的開始，試著以上述的提示，找出癥結，協助處理問題。最重要的是，穿絲襪行為的背後動機需深入探討，如果僅是單純的穿襪子，它並無不妥，但如果穿上後會產生性慾、興奮，那就表示有問題了。

透過課堂討論，再根據這些訊息，同學應該可以建立正確而客觀的態度，寫出來的答案也較有深度。

❖ 我會覺得奇怪會直接去找這個同學問。因位如果直接在大眾面前講很有可能會傷害到他的自尊心，而且對他也不禮貌。以現在社會的運作方式，許多人會當眾批評。（朱家霈）

❖ 雖然他穿著女性絲襪，但這是他個人的特殊癖好，沒有必要特別干涉。雖然他的行為和現今社會風氣有極大的差異，社會上的人們大多也不認同，但或許他有著不可告人的秘密，又或者是他想嘗試不同性別的穿著，嘗試不同的風格。（陳嘉萱）

❖ 我會覺得很奇怪，會各別找這位同學來問是因為作為一

位好老師就該好好了解同學的苦衷。他是女扮男裝也好，有女裝癖也罷，就看同學願不願意放開心胸，告訴我他心裡隱藏的事實，不管他告不告訴我，我還是會替他保密的。（李佳美）

❖ 在上課時發現男同學穿絲襪，會令我感到好奇，但不會直接當眾問他，畢竟班上還有其他同學，要幫他保留隱私。在下課時，會把他單獨找來，詢問為何要穿著女性絲襪，並依他的回答，來解決問題。（洪維陽）

❖ 我會覺得很奇怪，並且會私底下找他來問，應該是對學生的關心，而且如果事先知道原因的話，日後如果其他老師不知道會被同學異樣看待時，就能對此說明，避免不必要的誤會。（王則鈞）

寫作訓練三 情境寫作練習

　　下列是幾種假設情境，請仔細思辨，然後根據文後之規範寫作。

在你的生活中是否遭遇或見過下列類似的情境？

一、班上有幾位男生，喜歡聚在一起說黃色笑話，有時還會透過言語或不當的肢體動作欺負女學生。

二、某科男老師對班上的女生比較溫柔，有時還會有一些曖昧的言語或動作；對男生則頤指氣使，常常大聲咆哮。

三、某科女老師穿著時髦暴露，對班上的男同學非常溫柔，有時還會對男生摸頭或擁抱；面對女生則表現得很冷淡、嚴厲。

四、班上某位男生和某位女生已經是男女朋友，他們常常在教室表現很親暱的動作，有時吵架了，還會在教室大聲爭吵。

五、常聽長輩們教導我，男孩子要有承擔，不要輕易掉眼淚；女孩子吃飯、坐姿要端莊，不能開口大笑、大嗓門兒說話。

　　請選定上述情境一種，仔細描述情境的人物與情節，並說明你的因應之道。文長限二百——二百五十字之間。

寫作說明

　　情境的描述與取材能力的訓練有關，所以同學必須慎選事材，注意敘事的邏輯。至於自己的因應之道則沒有固定標準答案，只要可以自圓其說，自然言之成理。

❖ 班上許多男生都喜歡聚在一起討論有關「性」的事情。而班上也有某些女性也會參與並以開玩笑的模式揶揄他們，這實際上是還能夠接受的。重點是，班上的少數男同學會做一些不雅的行動，性騷擾的事情令人厭惡，例如戳女生胸部。一聲尖叫還可以迴盪在我耳旁。我某一次就被逗弄，不過，我的第一個反應就是掄起拳頭就打，並配合腳上功夫，直接打的他們落花流水，奔竄而逃。既然人身攻擊，我當然也無須太客氣。（朱家霈）

❖ 盤腿坐在沙發上，看著電視中正播映的輕鬆喜劇，因劇情的發展哈哈大笑。爺爺正好走過，臉上的表情在一瞬間轉為不滿，大聲的喝斥著：「女生坐要有坐相，兩腿開開的像什麼樣，一點規矩都沒有。笑的時候，嘴張那麼大，成何體統。」於是我乖乖的坐好，像個優雅淑女的雕像，一動也不動。看著爺爺露出滿意的笑容，我頓時又回復最初的坐姿，看著爺爺驚訝的表情說著：「我已經維持三分鐘完美淑女的姿態，這已經是我的極限，我沒辦法接受你用古老的刻板應向來雕塑我，每個人都有自己的自由、自己的情緒，不受到任何人的制約。」

說完我便繼續觀賞節目，眼角餘光看見飽受震驚的爺爺的背影緩緩離去。（陳嘉萱）

❖ 冷氣在教室四處流竄，就連平常非打球不可的男生們，也懶得走出教室，畢竟外頭的日照太過強烈，稍微曬一下就快曬成人肉乾了！閒來無事的男生當然就開始講起黃色笑話，而我時而會坐在遠處偷聽，一聽見好笑的片段就會暗中掩嘴狂笑；有的時候會若無其事的坐在一旁，邊寫著小說邊聽著。偶而被他們發現我在偷笑，男生們就會故作純潔的說：「哦……佳佳好色喔！」我總是會推一下鼻樑上的眼鏡淡淡的反駁：「再怎麼色，也沒有講出這個笑話的人色。」發現自討沒趣的男生馬上又會把話題轉向班上某某發育良好的女學生的身材上，惹得那個女生總是淚眼婆娑地去找老師告狀，男生們就會被罰寫悔過書，一邊寫著，卻仍然繼續講著老掉牙的黃色笑話。（李佳美）

❖ 太陽緩緩地回家，那餘光照耀在大地上，舒服得令人忘記一切事物，多麼美好的下午。公園聚集許多玩樂的孩子，運動、談天的人，突然間，原本在興高采烈玩耍的孩子，一個小男孩哭了起來，這時他的母親跑去，驚訝的是，母親並非安慰小男孩，反而訓誡他，男生不能掉眼淚，然後把他抱走。多麼熟悉的情境啊！我也是這樣長大的。在公園跌倒哭鬧時，爺爺就說：「男孩子不能掉眼淚，很丟臉！」，一聽到這句話，我馬上擦乾淚

水，繼續玩耍。不過，現在想想，為何男生不能掉眼淚？平平都是小孩阿！受了傷應該都要安慰一下吧！以鼓勵代替責罵不是更好！（洪維陽）

❖ 我的家裡有兩個小孩，都是男生，而我又是家中的「大孫」，所以常常被規範來規範去的，像是「做什麼事情要自己來，不然以後要怎麼養家？」，或是「男生做事要有擔當」之類的話。還記得有一次，那時還是小學的年紀，當時，我在房間裡拼拼圖，雖然不是塊很大的拼圖，但是也花了我不少時間。眼看剩下最後幾片，正要轉身拿拼圖時，在一旁的弟弟好奇地把玩未完成的拼圖，拼圖因此碎成一塊一塊，變回還沒拼時的樣子，我原先是愣住了，後來就哭了起來，但因此被罵「哭什麼！又不是女生！」雖然被罵了之後就不哭了，但是為什麼「男兒有淚『只能』不輕彈？」哭，只能是女生的權利嗎？雖然這麼說，但以後想哭時，應該會偷偷躲起來吧！（王則鈞）

寫作訓練四 理性的辨析——論辨文寫作

在傳統的觀念裡，常常鼓勵男人要成為頂天立地的大丈夫，鼓勵女人要成為柔順乖巧的小女人。但是現今家庭結構、工作型態及社會狀況都與傳統社會不同，男人陽剛、女人溫柔早已不是那麼的截然分明。人類的性別就只能分出男和女嗎？

有些女人依舊維持傳統的溫柔婉約形象，有些女人則已經成為豪放威武的「男人婆」；而男人的陽剛魁梧固然令人稱羨，現代社會中思想細膩、相貌柔弱的男性亦不在少數。

在你的想法裡，男人和女人的形象究竟是什麼？請以「我心目中的男人和女人」為題，描述你心中理想的男人及女人的形象，並仔細思辨男性與女性之間的差異究竟該涇渭分明，還是該撲朔迷離？文長不限。

寫作單元五

寫作說明

論辨文寫作最大的特色在於對題目或引導文字所提出的兩種或多種概念，提出意義的解讀，最後必須從兩種或多種概念中選擇輕重，確定立場，才足以達到最強的說服效果。為使同學可以更深刻瞭解男生、女生在本質上的差異，茲提供以下文獻觀點以供寫作參考：

1. 男女特質的差異並不如大家想像中的那麼大，即使兩性在某些特質的表現上有些許的不同，社會文化的影響才是造成差異的主要因素。

2. 一般都認為男性比女性的攻擊性較強，然而進一步觀察發現，女性也具備攻擊性這樣特質，只是她們表現的方式不一樣，如使用「拒絕」、「不理睬」等方式來表達她們的敵意。

3. 就智力來說，男生的數理能力較強，而女生的語文能力優於男生，這也是一種誤解。事實上也有數理能力強的女生，而男生中也有數理成績很差的。在智力表現上，「個別差異」遠比「性別差異」大得多。

4. 不要因為一個人的性別，就認為他（她）會有什麼樣的特質；也不要因為一個人的性別，就認為他（她）應該要有什麼樣的特質。認識異性特質的正確方式應該多互動、多觀察，而不要單靠你自己的刻板印象來假設別人的表現。

5. 在兩性性別的區分理論上，女性偏向人際取向，自小就被訓練成敏感、溫柔、注重人際關係；男性則趨於工作取向，被期望能勇敢、堅強、能力受到肯定。雖然這兩種分法很刻板化，也不完全符合現今社會的需求，但仍具有相當的參考價值。

❖ 每個人的心中，都有一個基本既定的「男生」或「女生」。這些相異性別所衍生出的該有性格和心理都有受到這個社會價值觀的影響。

在十年前、二十年前，女性都被認為是「溫柔儉

約」和「勤於家務」的這兩個詞的結合，此外，還有女生應該嬌滴滴的模樣。男生則是應該「陽剛」和「在外工作」的融合，「不掉男兒淚」更是符合了當時的社會想法。

　　而現在，我心目中的男性和女性逐漸符合時下觀念。也就是這個時代，社會化的老舊模式已重新被洗滌：女人的地位已不像過往一般卑微，現代女性也是要出去工作賺錢，並爭取家庭地位；不再像以往只順從夫婿，並擁有「堅強」和「獨立」的陽性特質。男性也不再那麼強勢，偶爾有「溫柔」和「體貼」的陰性特質顯現。

　　個性是由許多特質融合而成的，而這些特質可分為陰性特質和陽性特質，前面幾段曾提到，「堅強」和「獨立」就屬於陽性特質。陽性特質也就是「陽剛」或是一些較為有關「個人」的性格。陰性特質是「溫柔」、「體貼」有關於「自己對他人」的個性。像是我的母親就為「獨立」和「堅持」以及「活潑」三種主要形容詞的總和。父親就擁有「體貼」的主要特質。我心目中的男人和女人，應該就是屬於父母親的樣子吧！

　　每個人的心中，都有一個想要扮演的性別角色，都有一個心目中的「男人」和「女人」，而你的「男人」、「女人」性格又是什麼呢？我拭目以待……。（朱家霈）

寫作單元五

評語 論述從傳統到現代，並融合出個人的觀點。說理可圈可點，若能再列舉具體事例，則文章會更具說服力。

❖ 惠美是一個堅強的女孩，她不喜歡裝得柔弱討男子歡
心，她有自己的主見，絕不隨波逐流。她還很勇敢，自
己面對險峻的社會環境，培養負責的擔當，有自己的意
識和個人的想法，而她外在看似柔弱，實質內心比男子
更堅強。面對二○○八年的經濟大泡沫仍咬緊牙關衝過
去，如今買了棟別墅給住在鄉下的老父母，自己卻在都
市租了個小套房，她不自私，也不打扮的花枝招展，喜
歡幫助別人而且愛好和平。武居是一個溫柔體貼的男
孩，他不善言詞，但是相當的親切和善，做事認真負責，
而且有能力幫助身邊的人，不會瞧不起人，以樂觀的心
來面對每一件事，富有勇氣和才華，相當的上進，懷有
夢想，因為自己擔任警察的工作而仁民愛物，開朗的個
性使自己身邊總是富有大家的歡笑，自己也笑得開懷。

在現今社會所謂「男主外，女主內」的傳統已隨著
時代的變遷流逝，隨之而來的事兩性平權和男女平等的
呼聲，我認為能夠適應現代環境的女子，必像惠美一
樣，雖然是個女孩子，但是比男人更加堅強，不為外物
所動，而不是如閨怨詩中所提到的女子，癡癡在水晶簾
前望著遠方等待出征的歸人，溫柔婉約而「無才」。我
心目中的男子應像武居一般，是一個體貼的男人，不能
一心只為自己著想，也不能過於衝動或意氣用事。男子
漢大丈夫需要基本的男子氣概，有肩膀和擔當，不可以
懦弱和畏縮，但有時又能成為一個紳士，細心對待人事
物，做事腳踏實地，不投機取巧，富有智慧，不耍小聰

明，有理想也有勇氣。

　　若全世界都依照這個行為模式去生活，想必生活一定會相當無聊，只有可能出現在「烏托邦」裡。就是因為有許多不一樣的人，這類型的男女才會出類拔萃，看出他們的美好。我正朝著像惠美一樣的性格發展，立志成為一個堅強勇敢的女人，而也正覓著如武居這樣的男人。（黃麟茜）

評語 以假設人物與情境入題，筆調不落俗套，對於男女的分際與觀點亦能追求時代潮流，頗有見地。

❖ 傳統觀念中，男人通常是頂天立地、負責任、勇敢、魁梧，所有的事情都是由男人決定。而女人通常只是男人的陪襯品，個性溫柔婉約、柔順、乖巧，所有的家事可以一肩扛起，相夫教子更為天職，毫無出外看看世面的機會。但時間的流逝，總會對想法有很深的影響，現在對男女生的看法，和以往有很大的不同，而各人的想法也有些許的不同。

　　我心目中男人的形象雖仍保有負責任、孝順……等這些傳統的本質，但我的思想也打破了很多既有的印象。長輩常說：「男兒有淚不輕彈，愛哭的男孩子就是不夠堅強、勇敢。」在我心中卻不是這麼想。眼淚，是每個人正常宣洩情緒管道，每個人都有心情盪到谷底的時候，為何需要強迫一個人壓抑自己的情緒，表面上看起來是多麼的堅強，心理卻藏著許多脆弱。勇敢和堅強

可以用另一種形式表現，何必如此折磨自己。傳統觀念中，男人都高女人一等，所有事都由男人決定，只有男人有「知」的權利，培養一個女人純粹是浪費金錢和時間，這對女性是多麼不公平的對待，也一點都不尊重。在我心中男人不需要是多麼的陽剛、魁梧、勇敢、堅強，我覺得就是做他自己，依照他的心變成一個獨一無二的人。心思細膩、聲音陰柔、淚腺發達又何妨，那就是那一個男人所擁有的特質。

在我心中女人不一定要保有傳統的溫柔婉約的形象，也可以豪放、不拘小節。很多男人都希望女人溫柔、乖巧、貼心，當個小女人依偎在男人的懷抱中，使男人對這種「被需要感」而感到滿足與自豪，似乎女人都是為了男人而活。但對我來說，女性就要活出自我，不再依靠在大男人主義下。可以活得開心、活得自在、活的豪放、活的瀟灑，成為一個完美的個體，受到大家的尊重，滿足求知的慾望，不再是男人身旁的一個陪襯品，而是一個獨立新女性，不依靠任何人，都能活出瀟灑的美麗人生。

男人和女人的定義我想這只能從生理上做出分別，而心理上卻難以定義。每個人都擁有自己獨特的思考模式、想法，而且每個人都不是完完全全的就被束縛在生理上的特徵，而發展出屬於那一性別該擁有的特質。所以男、女人應是互相尊重，而不是一直加以定義。（陳嘉萱）

評語　見解獨到，觀點確定。若能在論述中列舉一些實例，則文章會更有說服力。

❖男人與女人是該並存的生物，有著智慧、有著能力。男人和女人是該互補互助的，所以才會有「男性陽剛、女性陰柔；男主外，女主內；男兒有淚不輕彈，女孩子就要端莊賢淑」的性別刻板印象。我覺得就算男女顛倒過來也未嘗不可。

　　在我心目中的男人，不一定要剛強，但勢必要勇敢。所謂的勇敢並非不怕蟲、不怕鬼、不怕黑、不怕受傷，而是不怕犯錯、不怕被罵、敢做敢當、敢負責任。男人，不用有太多的智慧與知識，但要會做人：不是阿諛諂媚、不是巧言令色，更多需要的是有禮貌的談吐、幽默風趣的氣質。不用多高深的遠見，只要了解自己想要的未來，對於未來的規畫和理想，如此的男人，具備以上條件，就稱得上是個好男人。

　　在我心目中的女人，最忌諱的就是柔弱。誰說是女人就得像男人撒嬌、柔順的像隻小綿羊一樣？就算是女人，也要有勇敢的心，樣樣要有負責的態度。除了勇敢，還多少需要一點養得活自己的能力，不可以老是想倚靠男人，是女人，也可以當一個頂天立地的女強人。但是，也不能因為要增加自己的能力，拿讀書當藉口，而公主病發作，連最基本的家事都不會做，連自己都無法照料自己的生活起居，算是哪門子的女強人？

寫作單元五

　　男性與女性的差異本來就不該有分別，就算第二十三對染色體有 X 和 Y 的不同，但作為一個胚胎也要四個月後才能用超音波辨識男女上的生理性別，而在四個月以前，根本就不知道，自然就是因為在這段期間男女之間是沒有差別的。因此無論是長輩、平輩、晚輩，都應該抱持對男女一視同仁，平等對待。身為男人或女人的我們也不要以性別作為藉口，逃避一些我們面臨的考驗與問題。（李佳美）

評語　論述的邏輯清晰，觀點新穎而頗有見地，誰說妳不擅長寫論說文？只要立場堅定，觀念正確，寫作邏輯清楚，就可完成一篇好文章。

❖ 以前世界上只有一塊陸地，如今分成了六大洲；以前根本沒有臺灣這座小島，如今這座小島卻成了兩千三百萬人居住地；以前的基隆冬天會飄雪，如今要看雪只能到高山上……，不僅地球的地貌、氣候會變遷，人類的思想、價值觀也會隨著時間改變。遠古的女性社會，到了戰爭時期，需要男性武力，轉而進入父權社會，男性地位高於女性就這樣流傳幾千年，直到近代，才開始有了「男女平權」的概念。但也有些事是亙古不變，太陽每天東昇西落、地球繞著太陽做公轉與自轉運動，以及男性的力氣大都大於女性、女性在裁縫方面總是好於男性。

　　其實男人與女人的差異並不大，在職場上只要付出努力，都可以達成目標；只要付出心思，也都可以實現

夢想，因此沒有任何事是特定男人做或女人做。不過在一般家庭中，男人必須全力保護家人，因為男性的力氣大過女性，在有壞人時，男人得挺身而出，免得家人受到傷害；在天塌下來時，男人也得挺胸立正，免得家人遭受禍害。家中有物品損壞，大部分也由男生修理，因為修東西需要力氣也較危險。

　　女人則扮演溝通的橋樑，在丈夫與孩子爭吵中去尋找解決的方法，免得雙方搞得不愉快。做一個織女，去縫衣服、褲子上的破洞。不過其它很多事是可以男人、女人一起做，家事就該由雙方一起負責，同住家中，就要一起打掃。管教小孩也是雙方的責任，孩子可是父母愛的結晶，因此教養上也得雙方都付出心血。

　　現今社會，男人和女人的界線越趨模糊，除了生理上的差異，其他好似模稜兩可，只要在男人與女人間取得平衡點，彼此互換立場，替另一方著想，就能創造一個和諧的社會。（洪維陽）

寫作單元五

評語 對於男人和女人的認知，你有獨到的見解，列舉例證也頗為豐富，但有部分事例稍有問題，這是你必須釐清和學習之處。

❖ 今天一如往常是個上學日，要去公車站等車，步行途中經過一處工地時，一臺怪手緩緩駛進工地的閘門，仔細一看，是位女性的駕駛員，接著，又有輛裝滿砂石的卡車開了出來，同樣也是由女性駕駛的。印象中，這些工

作好像大多數是由男性從事，不過現在社會開放了，因此，女性從事司機、男性擔任空服員等現像都不罕見。不過傳統社會給人的印象剛好與上述相反，認為男生就應該當工人、司機等較為粗重的工作，而女生應該當空姐、護士，甚至不就職，在家照顧家庭。為什麼兩者之間會有很大的落差？主要應該是跟男生與女生個性上的差異有關，以太極圖來看，男生屬於陽剛，女生屬於陰柔，也因為此觀念，衍生出男、女生的玩具、代表色等種種刻板印象，因此柔弱的男生常被說成「娘娘腔」，剛強的女生常被說成「男人婆」的歧視。

但是現在社會不一樣了，男女之間的界線比較模糊，使另一種性別—中性出現了，這是心理的性別而不是生理，中性的人兼具男女的特質，所以男生可以女性化，女生也能男性化。再把太極圖搬出來看，陰陽之中都有一個與他們相反的點，代表男女個性都有陽剛與陰柔，只是表現多寡而已。所以，在我心目中男人和女人的形象是能夠打破刻板印象，照著自己個性走的人。

總算到了公車站，在等車的途中，忽然有個女性的聲音對我說：「同學，可以問個路嗎？」轉頭一看，是位先生，我有點嚇了一跳，他後來澄清他的聲音比較高，此時，我心裡想著：「畢竟世界上什麼人都有，不能被刻板觀念束縛了。」（王則鈞）

 情境氛圍表現不俗，論述觀點亦能凸顯己見，寫作技巧已略顯進步。

寫作單元六

君子學而優則仕

——公民與社會議題融入寫作之訓練

 寫作訓練一 文本閱讀與分析

請閱讀下面文章，並依規範回答問題：

　　臺灣社會重利貪財的價值取向到底是如何形成的？

　　從歷史背景來說，臺灣基本上是一個移民社會。在三、四百年前開發的早期，大部分的移民來自於閩南和廣東客家地區。這兩的區域山多田少而土地貧瘠，加以人口的壓力，向來就有往海外移民的傳統，這裡的人民不像中原地區的漢人，具有守成認命的性格，相反地，向外發展的冒險精神格外明顯。他們移民的動機大部分是為了謀求經濟利益以改善家庭生活。

　　十七世紀以來，荷蘭人的移入，直接將西方資本主義「重商貿易」的觀念引進臺灣，最具體的事例就是「商品出產」與「商品流通」的機制。移民自中國大陸的漢人農民雖然仍是一個農業生產者，卻必須學習商人性格，才能應付新環境的改變。就是在這樣的歷史背景催化下，臺灣人養成「重利貪財」之價值取向的客觀條件便逐漸形成。

　　國人深具重利愛財的心理，是日常生活中常可體驗到的一般印象。人們常用錢財做標準來比擬其他價值也常用錢財來衡量一個人的成敗得失。譬如，臺灣民間常流行這樣的說法：「人格有什麼價值？值多少錢？」、「有錢、有勢，卡要緊啦！有了錢，萬事通」、「見到錢，眉開目笑」、「褲頭有錢，就是大爺」、「人為財死，

鳥為食亡」……等等，不一而足。因此，在臺灣社會裡，人們講究的是「日頭赤炎炎，隨人顧性命」，笑貧不笑娼，有錢就叫爺娘，自古以來就成為人們奉行的準則，十分地現實，卻相當實際。

自一九八〇年代以來，社會裡游資過多，人們有了充沛的金錢從事投機性金錢遊戲。一時賭風熾盛，玩大家樂、六合彩的風氣流行，地下投資公司與期貨買賣也生意興旺，玩股票、炒房地產的更是大有人在。幾年下來，整個社會被捲入狂熱的冒險賭博風暴之中，臺灣被譏為投機冒險家的天堂。無怪乎，有人戲改 Republic of China 的簡稱 R.O.C. 為 Republic of Casino 的縮寫，臺灣也贏得了「貪婪之島」的盛名。事實上，國人出國遊玩時酷愛瘋狂採購，出手闊綽早已遐邇寰宇，這些舉動一再強化了臺灣人重利貪財、具物質傾向與缺乏高尚文化素養的刻板印象。（節錄自葉啟政《臺灣社會的人文迷思》）

寫作說明

此一訓練除了使人瞭解臺灣社會「重利貪財」的現象之外，也提供同學一個自我省思的機會，文章發人深省之處頗多，無論持贊同或反對的意見，都是一種自我深刻的反省。

一、這篇文章主要在闡述什麼？

❖ 論述從古到今的環境導致臺灣人們「重利貪財」的原因。（朱家霈）

❖ 臺灣人在歷史的造就下所形成的貪婪性格。（林緯翰）

❖ 敘述臺灣社會重利貪財的歷史背景和現實景況。（王則鈞）

❖ 臺灣社會重利貪財的歷史發展與形成原因，並列舉現況。（李佳美）

二、臺灣社會重利貪財的歷史背景是什麼？

❖ 荷蘭人的移入，將「重商利益」的觀念引入臺灣，連一些俗語都出現。一九八零年代之後，社會的賭風熾盛，更明顯的強調了臺灣人「重錢」的心理。（朱家霈）

❖ 早年先民因中國沿海謀生不易而來臺，這批人本身性格就較為實際，加上後來歐洲勢力東來帶來了資本主義塑造了臺人的商人性格，逐步影響國人的價值觀。（林緯翰）

❖ 從福建廣東的移民來臺謀生的觀念，到外國人統治時代來的西方資本主義，慢慢使我們變成較重視利益的心

理。（王則鈞）

❖ 在移民社會為了生活而謀求經濟利益，到了荷治時期農人要和荷蘭人交流，促使他們學習商人性格。一九八零年代之後，更多人從事投機性金錢遊戲，出國遊玩時瘋狂採購，強化了臺灣人重利貪財的刻板印象。（李佳美）

三、請根據前文，舉例說明臺灣人重利貪財的價值觀為何？

❖ 「見到錢，眉開眼笑」、「人格有什麼價值？值多少錢？」把人的價值比作錢，還有一件事，好賭。希望藉由機運就可以賺到更多的錢，這就是臺灣人重利貪財的價值觀。（朱家霈）

❖ 功利取向，把錢視為最重要的衡量標準，因為愛錢所以更想發財，使得之後的臺灣賭風盛行，國人去國外大量消費購物、出手闊綽，文化素質的低落使臺灣搏得了貪婪之島之名。（林緯翰）

❖ 因為重利貪財，一些關於這個現象的俗諺就出現了，像是「見錢眼開」、「人為錢死，鳥為食亡」，都是在形容臺灣人對實際利益的重視。還有社會上玩大家樂、六合彩的風氣可以看出臺灣人好賭且重視物質上的利益。（王則鈞）

❖ 從閩南話的諺語:「有錢有勢卡要緊,有了錢,萬事
　通」、「見到錢,眉開目笑」、「褲頭有錢,就是大爺」、
　「人為財死,鳥為食亡」等俗諺就看得出,臺灣人其實
　挺重視金錢的。(李佳美)

**四、文中作者對臺灣「Republic of Casino」、「貪婪之
島」、「缺乏高尚文化素養」等批評,你有什麼想法?
可提出反駁,亦可提贊同意見,並說明理由。**

❖ 反對。因為如果沒有錢,就幾乎無法談到夢想,有錢就
　不需要太顧慮到生活上的吃、住等生活問題。不過,在
　這篇文章只是提到臺灣太重錢財的心理。實際上,只要
　能在這兩者之間取得平衡,也就不是太「重利貪財」的
　心理了。(朱家霈)

❖ 我覺得不然。對於貪婪兩字是一個很負面的評價,臺灣
　人光復後亦歷經了不少戰事,教育無法好好辦起,導致
　價值觀也許有些偏頗,而這樣的人們在經濟起飛的年代
　賺了錢,我想心理也是不安的,因為曾走過內戰物價飛
　漲的年代,幸福是不安穩的,他們也許想更抓緊手中的
　幸福來擺脫昔日的貧乏,這是人性啊!(林緯翰)

❖ 以上這些批評描述還滿貼切的,因為我們可以在社會上
　看到明顯的例子,政府官員的貪汙、不肖廠商製造不良
　品,這些行為都是為了錢,而社會治安不良,也都跟經
　濟問題有關,顯示政府管理功能待加強。(王則鈞)

❖ 我當然不是很贊同這種說法，為何要以某些人的惡行概括整個臺灣？賭博更不是全臺運動。貪婪之島說來也很可笑，臺灣本島連一座國營賭場都沒有，貪婪又從何而來？缺乏高尚文化素養更是沒有依據！難道西方的文化就高尚了嗎？臺灣人不過是窮怕了，過度節儉而已。（李佳美）

 寫作訓練二 概念的思辨

下列是幾個有關「文化」之二元相對的概念,請閱讀理解之後,根據各組概念之精神內涵,列舉具體事例,並說明你對每一組相對概念的認知。

一、傳統文化與現代文化。

二、中國文化與臺灣文化。

三、國際化與本土化。

寫作說明

　　這又是一個訓練同學二元思辨的題目,在抽象的思辨中,宜舉出具體的事例,才足以支撐自己的論點。

❖一、傳統文化與現代文化,傳統文化通常建立在過去時間的基礎上,現代文化建立在現在的時間點上,例如:傳統的麻將和現在的電腦作結合,不同性質的東西導致了兼容並蓄的結果。

　二、中國大陸和臺灣的文化,我認為這二者基本上是一體的,因為臺灣漢人就是源於中國,他們將那裡的文化傳來臺灣,接著臺灣就成為中國的一省之一,到了後來,因為臺灣原住民的血緣結合、中國人的來臺、日治時代的統治,藉由歷史的演變而造成了這個分歧點。

三、國際化和本土化，簡單說，就是將自己生長的土地和全世界的國家做比較。本土化，例如：稀飯、豬血糕、臭豆腐。國際化，例如：西方的漢堡、俄羅斯娃娃等都包含在內。（朱家霈）

❖一、毛筆和原子筆。原子筆的發明使得毛筆不再用於日常書寫，但若我們沒有毛筆，也許文字就無法順利傳承，毛筆所表現出漢字的美感，即使是原子筆依舊無法超越。毛筆應可是為傳統藝術，與原子筆各有所用。

二、繁體字和簡體字。雖然書寫的字體不同，但我們仍有相同的語法邏輯，一起共享五千年的璀燦文化，臺灣無法否定中國的存在，事實上我們是建築在相同的中國文化上，彼此間有如葉脈般相連串結。

三、咖啡和豆乳。咖啡風行全世界許久，甚至被星巴克包裝成文雅的表徵，使豆漿的香氣漸漸消失在街頭。但也正因全球化，臺灣美食也更容易出現在世人面前，透過政府、業者努力，甚至飄香四海。（林緯翰）

❖一、傳統與現代文化好比農夫與科技人員，兩者看似毫無關係，但其實可以是相輔相成的，傳統與現代結合後，農業可藉由高科技產業提升技術，同時也提供了研究方向，達成互利的共識。

二、拼圖，就像是中國文化與臺灣文化的寫照，整個中

華文化就像是一塊大拼圖，其中一部份是中國文化，一部份是臺灣文化，經過長時間的拼湊，中國與臺灣的文化漸漸融合，形成了臺灣文化是中國文化的一部分，中國文化亦是臺灣文化的一部分。

三、漢堡與番薯就像是國際化與本土化的代表，但這兩者之間不是毫無關聯的，漢堡可以依照地區作口味的調整，形成在地化。番薯也可以行銷到全世界，形成國際化，因此兩者可互相連結，再造新的文化。（王則鈞）

❖ 一、傳統的京劇、雜劇、歌仔戲、布袋戲廣受中老年人的喜愛，《白蛇傳》、《西廂記》、《梁祝》等經典故事百看不膩。現代的話劇、歌劇、舞台劇是現代人們的休閒享受，《羅密歐與茱麗葉》、《天鵝湖》等熱門故事是大家耳熟能詳。雖然同是提供娛樂，但如果用芭蕾舞跳出《白蛇傳》中法海大戰白娘娘的橋段，用歌仔戲唱出《羅密歐與茱麗葉》的深情告白，由傳統融入現代；現代結合傳統，必擦出絢麗的火花，給人不同的感覺和新享受。

二、中國的文化和臺灣的文化總是撲朔迷離，幾乎分辨不出什麼太大的差別。同樣在一個漢人的社會，中國有的，臺灣也有；臺灣有的，中國也有。但硬要說能分別臺灣和中國最大不同點的話，大概只有共產和民主的差異最為明顯！

三、國際化的麥當勞和本土化的路邊攤就是一個很好的

例子。麥當勞駐進全世界，被要求要有一間店面，整潔的環境，有條理的服務模式，嚴格的品管，導致食物的成本高，許多人甚至認為麥當勞是種奢侈的享受；本土化的路邊攤只要一個推車，幾張塑膠板凳和一副大嗓門就可以坐起生意，但因為沒有品質保證，所以拉肚子也是沒辦法的事。價格低廉是省錢的好幫手，而店家如果生意非常好，才會考慮開店。（李佳美）

 寫作訓練三　找出新聞事件的真相

以下是幾段有關臺灣新聞媒體的報導：

一、有一位科學園區的工程師，看到他夢寐以求的獨門獨院兩樓式別墅，深怕買不到，親自帶著一千萬元現金到現場交易，以免向隅。電視臺畫面很誇張地拍到他從車上提著一大袋現金，到建設公司賣場打開來，工作人員為在他旁邊幫忙數鈔票的情景。各電視臺的主播對這一則新聞似乎津津樂道，不斷重播。

二、當一項名為「臺灣成人年度做愛次數統計調查報告」出爐時，各家媒體都以十分顯目的版面，給予大篇幅的報導。臺灣成人在這方面的成績很遜，排名吊車尾，每年做愛平均次數只有八十次。

三、颱風尾掃過中南部，二十四小時重複播放的電視新聞畫面，彷彿整個南投都被淹沒了。當所有的新聞媒體都往臺灣的中南部奔去，傳送回來都是滿目瘡痍的畫面，讓人以為中南部受到風災摧殘，無一處倖免。但事實上卻有少數地方幸運逃過一劫。

四、某某日報刊出電視名製作人和某位女明星去看電影，在過馬路的時候碰到紅燈，於是兩人停在安全島上當街擁吻。那一則新聞標題是「某某某和某某某當街擁吻？」報導內容非常戲劇化，查證於當事人，根本子虛烏有，才發現記者的想像力遠比當事

人還要豐富。

　　請根據上述四則新聞事件的報導，仔細檢視新聞媒體所犯的錯誤，並發表你的意見，指出媒體在報導新聞事件上的心態、角度或方法的偏頗。

寫作說明

　　寫出自己的觀點，必須先瞭解每一個新聞事件背後的謬誤：

一、新聞節目播出的內容，不一定是真相。其中，有些是以表演的成分居多。觀眾應保持理性客觀的距離，才不會掉入商業包裝成新聞的陷阱。

二、看媒體發布的各種統計調查報告時，應注意發起這項調查的單位、動機、方法及有效樣本的多寡，才不會被廠商商業目的所牽引，誤判事實的真相。

三、媒體常常犯了「以偏蓋全」的錯誤，他們所呈現的往往只是新聞事實的一部分，並非全貌。試著從不同角度探討，包容不同的觀點，才能掌握完整的真相。

四、新聞的責任是報導真相。在新聞標題加上「？」，無異於是把新聞查證工作交給閱聽人自行判斷，主播和記者淪為八卦中心，自取其辱。

❖ 這幾則符合了現今社會媒體的報導亂象，總覺得沒經過當事人的同意就亂拍，完全是為了娛樂、綜藝性而拍，突顯一些無聊的事情。第二則，動機本身就是莫名其

寫作單元六

妙，而且也沒有什麼意義，最後發覺是保險套公司做的商業廣告。第三則，誇大的爭相報導，以偏概全，這也許和臺灣人浮誇的特性有關，記者的報導使大家相信並產生過度恐懼。第四則，不需要查證就可以隨便報導。藉由喜歡「娛樂性」的心理就可以知道為什麼壹周刊會有這種相類似的報導，第三則的報導就符合這個臺灣人不切實際的要點。

實際上，記者的亂象許多都與政商有關，在不報導事實的背後，是否有更多的黑幕？這個我不在此評論。但現在的新聞我覺得需要更多的世界觀，所以基本上我們需要多多注意一些國外報導，而除去那些不重要、無意義的小新聞，如前面所述的幾則新聞就可以引為借鏡。（朱家霈）

❖ 一、媒體報導應本於良知，以增進社會大眾利益為目的，而該新聞卻將無意義的新聞擴大等級來報導，久而久之，這樣的媒體在社會上又有什麼公信力，其存在的意義又是什麼？

二、統計調查背後的居心可議，其統計的方式、樣本人數都沒有給予清楚交待，不免有造假之虞。

三、新聞媒體為了要讓版面驚悚來吸引閱聽者的目光，刻意將災情的等級擴大，這樣唯恐天下不亂的居心十分要不得，而記者、攝影人員賣命工作，深入災區採訪、取得獨家，若有不測，誰能負責？

四、媒體素稱無冕王，理應本著社會公益作報導，揭發

官員疏失、社會上的不公不義為優先，若是以收視率為準則，用腥羶色來取悅大眾，久之，會使社會腐化，更悲者，是正義的消失。更別說這種移花接木的假新聞。（林緯翰）

❖ 一、媒體似乎對錢感到興趣，只要看到大筆的鈔票就一直拍，事實上這只是場普通的房屋交易，但是被媒體過度誇張、放大，讓一件芝麻綠豆大的的事變全天下皆知的大事。

二、現在的媒體通常會為了收視率而不擇手段，比較常見的是使用腥羶色的內容來引起民眾注意，但他們付出的代價是新聞內容的品質被犧牲，受害的還是民眾。

三、天災在臺灣很常見，尤其是夏季的颱風，常在各個地區帶來災情，媒體在報導災情時，通常都會去搶先拍攝災區，卻很少去關注平安逃過此劫的地區，很容易讓人以為整個區域都淪陷了。

四、狗仔隊也是現在媒體常見的弊病，他們揭露了其他人的隱私，卻好像不用負責任，有時拍不到事實時，甚至只要比較高明的拍攝技巧拍出來的照片，都可以以假亂真，欺騙社會大眾的眼睛。（王則鈞）

❖ 一、不過是買棟房子就小題大作，況且現在房子能用一千萬買到幾乎已是不可能的事了，再加上主角是竹

科的工程師，有錢是理所當然的事啊！有什麼好炒作的呢？

二、做愛的本意是要生育小孩，一年八十次還叫少嗎？又不是一年四季都有發情期，根本沒什麼好去比較誰多誰少，也沒有根據就胡亂發表，難道為了要提高做愛次數就大肆鼓吹婚前性行為，或是未婚同居這種不道德的事嗎？這個世界是怎麼了？

三、搞得好像很嚴重很淒慘，吸引無意義的關注和恐慌，這樣很有趣嗎？另外媒體誇大不實報導就像是放羊的孩子一樣，若是在平時把大眾的慈心消耗殆盡，當真的災情嚴重時，有多少會相信呢？

四、大家喜歡聽八卦，媒體就愛爆八卦，這已經是改不掉的惡習了！被害人的真相都變得不重要了！能因應這種事的辦法只有凡事相信三分就好。（李佳美）

寫作訓練四 引導寫作

　　司法院大法官會議做出第六八四號解釋，認定大學生如不滿學校處分，有權可提起訴願和行政訴訟。臺灣大學李校長表示，依據《大學法》的規定，學校在法律範圍內有自治權，學生也很多申訴管道；大法官做出這項解釋，可能造成學校和學生之間關係的緊張。學校是教學的地方，學校和學生之間的關係，應如何維持和諧，避免陷於緊張，而影響教學活動，是學校和學生雙方面都應關心的問題。<u>對大法官的這項解釋和李校長的反應，以你在學校的親身體驗或所見所聞，請以「學校和學生的關係」為題</u>，寫一篇完整的文章。文體不拘，文長不限。（100 年學測）

寫作說明

1. 內容理解與思辨：司法院大法官的解釋是從「法」的角度來詮釋學生的權利；臺大校長則從「情」與「理」的角度來連結學生與學校的關係。凡事要情、理、法三者兼顧，才能辨析事件的真相，找出解決問題的方法。

2. 寫作技巧叮嚀：

　　本文以論說體裁寫作較為適宜，但是舉例證時融入某些情境的描述會更有真實感，也較有說服力。至於謀篇布局則以「論—敘—論」為常態，若能採用「敘—論—敘」的邏

輯，融入景物的氛圍烘托，又較能推陳出新。

❖ 學生是人類出生以來，開始面對社會化的第一件事情、
第一項職業。在前面的提示文字當中提出了學校的關係
和問題。

　　學校，是一個供人學習的地方，初步的社會化也是
從這裡開始。懵懵懂懂的小孩蛻變成一個有工作能力的
成人，經過小學、國中，在進入高中、大學，這些連續
性的教學其中，不可能不曾發生問題。在我的所見所聞
當中，也不乏這些案例。

　　第一件是我的親友發生的事。在上課鐘響後空無一
人的走廊上，一個老師常常徘徊不停。那是我的表親的
老師，手上有時拿著一個空水瓶，去裝水，有時則是空
手進入洗手間上廁所。這些符合常理的動作，在不對的
時間點內卻顯得不適宜。此外這位小學老師要求孩子們
背誦老莊或是《論語》、《孟子》，若默寫交不出來的
話，就必須一句話重抄十次，若隔天交不出來的話，那
麼罰抄次數就再以倍數成長。這是不是有些離譜？小學
生應該快快樂樂的玩耍，而不是因為老師的職權而身陷
痛苦之中吧！

　　第二件事是朋友的親屬曾任教師而遭受的事。老師
看見小朋友欺負某一個人，她理所當然的挺身而出，並
依職權做出相對應的懲戒。事發之後的隔天，家長怒氣
沖沖的跑來學校，並在老師和孩子們的面前使用過度激
烈的言語辱罵教師，導致老師當場淚流滿面。這就是現

今社會賦予太多的權力給家長，或者是，太多的寵愛以至於孩子們無法無天。

　　提示文字中，大學教授及大法官的論點都各有利弊。大學生，近乎是人們進入職場工作前的最後一項職業（在此不考慮博士、研究所）。然後，大法官就認為他們擁有反對處分的權利，因為認為他們早已經過時間的淬鍊。但是，這真的是正確的嗎？在現在的新聞中，常看見一些大學生做一些莫名奇妙的事情，有些高材生的作為也讓大眾撻伐，群起而攻之，這有可能是第二則提出的溺愛的結果。

　　在這個充滿考試制度的年代，也造就了許多死板的人，只知道考試卷上的標準答案，社會價值觀紊亂的時代，讀書成了頭牌指標，賺錢成了終極目標。有些MQ、EQ 卻有待加強，這樣子的問題，是否應該給予大學生提出訴願、行政訴訟的權力？

　　李校長的觀點也是具有一些缺陷的。聽過一些學長、學姐說過，有些大學也是隨便教課。大學的體系我還不知道如何運作，在此保留評論的空間。不過前面提出的第一則問題，就是大概想提出濫用職權的想法。若大學教授的背景太過崇高，則大學本身會因為有所忌憚，而無法幫忙同學達到公平正義，那在學校申訴管道形同虛設的同時，提出訴願、行政訴訟也變得格外重要了。

　　在結語之中，我對兩者提出的論點都表達尊重。有時，我們提出來的方案無法達到大家心目中最好的結

寫作單元八

果，只能有最接近完美的措施。所以，我們要有所省思
兩者的利弊，這便是這個作文題目交給我們的重點，要
有獨立思考的能力，並且思考現今教育體系所發生的問
題。（朱家霈）

評語

1. 論說文的措辭宜精簡，才能顯現其論述的力度。
2. 所舉的兩件事均合乎題旨，但敘述宜再精簡。
3. 質疑提示的說法有缺失，仍應提出具體方案，文
   章才算有破有立。

❖ 陽光從窗外潑灑進教室，縱使這夏日樹木青蔥、好鳥亂
鳴，在臺上的老師依舊專心授課，沒有絲毫的分神，那
眼神有著炯炯的雄心壯志，似乎想把宇宙都塞進學子的
腦袋中，其後卻是一股作育英才的熱忱，慧黠的孩子深
知老師用心，而有些卻沉溺在自己的千山萬水中，無法
自拔，這是我印象中的教室。

　　幾公尺的水泥地，因為學生的熱情而宛若一個世界
級的表演舞台，沒有懾人的聚光燈，只有一抹斜暉，沒
有華麗的衣裳，只有簡單的社服；少了排山倒海的掌
聲，卻有著一股因其努力而生的敬意。我只是個過客，
卻不禁駐足欣賞他們的喜悅。因為這些饒富生命力的社
團，川堂不再冷冰冰。

　　若說清明上河圖能一覽汴京的繁華，那麼操場可就
是不可不提的校園核心了。瞧！那跑道上奔馳的汗水多
熱情。看！那朵朵白雲透出的光影照的草皮如夢似幻。

聽啊！那微風捎來綠蔭下情人的呢喃多甜。每個人就像畫家，又似顏料，既豐富了畫作又浸淫在自己的小宇宙。

學校裡一花一木皆有情、一動一靜皆是景，只因這裡充滿著愛，孕育著無限的希望。學生有著對求知的熱愛、懷著對未來的嚮往，老師有著教學的熱情、對知識的喜愛，彼此間搭起了一座橋樑，互相溝通包容、教學相長。大家的相處因為以善為本，由心中至誠的情來出發，所以學校才有快樂與溫馨，當偶爾有些因心智不熟或稚氣未脫的學生犯了錯，老師也會導之以理，循循善誘，接下來若是以規勸而無效者，才會以法來強制改過其向善。

當學校與學生過於強調法這個區塊時，是否會讓人有疏離感，或是讓師生喪失了以情以善來出發的本真，彼此間只剩下規約的存在？如此，豈只是遺憾而已？

教育是百年大計，國家興亡的心臟，牽一髮而動全身，所以更該從本質面與效益面來探討。校園是師生長久相處之地，以情相繫方可長可久，但卻也有私情和濫情之虞，我們必須要有基本的法度來作為準則才不會失重，兩者應該相容與平衡。（林緯翰）

寫作單元六

評語 以校園景物起筆，其所營造的氛圍不僅能烘托主題，更能深化事理的鋪陳，增加文章的感染力。記得這種寫作技巧，它將帶領你進入另一個寫作的新殿堂。

❖ 大榕樹，在學校中佔了一席之地，除了提供了大片的樹蔭外，也是學生們的遊樂場所，在高達三四層樓的大榕樹下，師生會一起同樂，學校和學生的關係似乎很親密。

學校和學生的關係不就是應該這樣嗎，和樂融融，畢竟學校是教學的場所，校方和學生若維持著良好的互動，教學過程也會比較順利，形成一個良性循環。相反地，若兩者互動間有摩擦的話，情況就有可能惡化，最嚴重的還會爆發衝突，相信這是大家都不樂見的事實。

六月，鳳凰花在枝頭上綻放，一大片「火海」蔓延了整個校園，宣告著即將有學生要離開校園，踏上火焰製造的上升氣流，飛往更高的地方。正當國三的學生在籌備畢業典禮，校園充滿了緊張又興奮的氣氛時，一道聲音劃破了這份和諧。「你今天給我把話說清楚！」、「想怎樣啦！要打架嗎！」，是從學務處傳來的聲音，一位國三學生與老師的對話，這位學生似乎不滿某一位老師很久了，某天該老師對他開玩笑時，一氣之下，爆發了口角與肢體衝突，最後被送到學務處。「匡啷」，又有陣聲音在校園中擴散，是玻璃碎裂的聲音，這位學生又因為一言不合，便往窗戶一拍，玻璃散落一地，血滴從尖銳的玻璃上流下來，校方趕緊將他送醫，上課鐘聲響起，趕走了人群，只留下地上的一灘鮮血。

有些時候，老師在課堂上會開同學的玩笑，但有可能會傷害到那名學生的自尊心，如果長期下來，就會形成不定時炸彈，只要一個刺激隨時都會引爆。學生若心

裡有不滿時也不該用暴力抒發，要針對事情作理性的溝通，才不會傷害到自己於他人。互動良好，口角與衝突自然會減少。

幾年後，大榕樹因為校地擴建而移走了，但是那份關係不見了嗎？在大榕樹要移走的當天，師生很強烈的要求校方留下大樹，抗議的人群中隱約看到了那位打破窗戶的學生以及跟他爆發衝突的老師站在一起抗議，雖然最後沒有成功，大榕樹也被移走了，但是象徵學校的它依然在師生中留下了那份感情——學校與學生間的友誼。（王則鈞）

評語 全文以學校榕樹為景，具有深刻的象徵意義，也用心營造了某些特殊的氛圍。但是本文最核心的仍是情理的論述與抒發。關於文中事件，應有深刻而具體的省思，不能凸顯主旨，進而呼應主題。

❖ 學校是個傳授知識和獲取知識的地方，但不知從何時開始，學習成為被迫的義務，原本帶著強烈求知欲的學生們，也在不知不覺中，為了分數、學分，為了大學文憑、碩博士學位，而不得不到學校。在這樣的態度中學習，學生意興闌珊，老師教得索然無味，以老師和學生的關係來說，只能用一個「糟」字來形容了！

現今的學生都很會讀書，但十之八九的人也都不愛讀書，費心思、費腦力、花時間的苦差事，沒有人會想做，只是做為一個學生，我們不得不做。一個人被迫做

自己不喜歡做的事，日子久了，多多少少就會對周遭開始產生怨懟。以我的學校來說，同學們嫌教室太小，全班四十幾個學生擠進教室，幾乎沒有活動空間，只能死死地坐在三乘三的小方格中，動也不能動。

學校提供場地給基測考試時，學生為了可不可以把私人物品藏在邊櫃而和校方起了很大的衝突。整整一個禮拜，學生和老師火都在頭上狂燒，東罵一句，西嗆一句，很難會讓人覺得學校和學生的關係叫做「很好」。在這種時候最需要的就是學校與學生之間的仲介人，這是維持和諧的好辦法，大多會由班上的幹部或是班級導師來擔任一職，不過依我曾經當過仲介的經驗來說，只有一丁點的功效，向學校吐出同學們的苦衷，向同學解釋學校的難處，通常學校依然堅持當初的決定，學生就會帶著連連怒火咒罵學校，最後學校有時會稍稍退讓一小步，而學生也會因為學校這麼一丁點的小改善，感到滿足。

摩擦是難以避免的。學生和學校的關係也常是一言難盡，但我覺得經過理性、適當的溝通，偶而大家都會各退一步，達成協議；若是協調不成，還有市民專線可以投訴。上有政策，下有對策，只要能達成微妙的平衡，和諧的氣氛就會持續下去。（李佳美）

評語　1. 學校和學生的關係，可以從「情」、「理」、「法」三個面向探討；至於「立場」問題，若能彼此設身處地為對方著想，則很多事可獲得圓滿的解

決。但是學生和校方往往不會如此，即使導師的思維也很難兼顧，這就是思維高度的問題。

2. 所舉事例為親身經歷，若能再舉一事，屬於「大學」層級的事例，文章會更有說服力。

國家圖書館出版品預行編目(CIP)資料

讓青春的意象遄飛 / 蒲基維主編. -- 初版. --

臺北市：萬卷樓, 2013.01

面；　公分. -- (文化生活叢書.藝文采風)

ISBN 978-957-739-788-1（平裝）

1.寫作法

　　811.1　　　　　102000363

讓青春的意象遄飛

2013 年 1 月 初版 平裝

ISBN　978-957-739-788-1　　　　　　　　定價：新台幣 280 元

主　　編	蒲基維	發 行 人	陳滿銘
封面插畫	林維祥老師	總 編 輯	陳滿銘
單元插圖	黃麟茜	副總編輯	張晏瑞
習作文章	王則鈞、朱家霈	編　　輯	游依玲、吳家嘉
作者	何品萱、李佳美	出 版 者	萬卷樓圖書股份有限公司
	洪維陽、林緯翰	編輯部地址	106 臺北市羅斯福路二段 41 號 9 樓之 4
	陳嘉萱、黃靖容	發行所地址	106 臺北市羅斯福路二段 41 號 6 樓之 3
	黃麟茜、賴郁佳	電話	02-23216565
	劉邦正	傳真	02-23944113
封面設計	斐類設計	印 刷 者	百通印刷事業股份有限公司

版權所有‧翻印必究　　　　　新聞局出版事業登記證局版臺業字第 5655 號

如有缺頁、破損、倒裝　　網 路 書 店 www.wanjuan.com.tw
請寄回更換　　　　　　　劃 撥 帳 號 15624015